A OUTRA FACE

CONTOS AFROFANTÁSTICOS

SANDRA MENEZES

A OUTRA FACE

CONTOS AFROFANTÁSTICOS

10 anos
malê

Direção: Francisco Jorge & Vagner Amaro

A outra face: contos afrofantásticos
ISBN: 978-65-85893-55-8
Edição: Vagner Amaro
Capa: Dandarra Santana
Diagramação: Maristela Meneghetti

Dados internacionais de catalogação na publicação (CIP)
Vagner Amaro – Bibliotecário - CRB-7/5224

M543o Menezes, Sandra
A outra face: contos afrofantásticos / Sandra Menezes. — 1. ed. — Rio de Janeiro : Malê, 2025.
104 p.

ISBN 978-65-85893-55-8

1. Contos brasileiros I. Título.
CDD B869.301

Índices para catálogo sistemático: 1. Literatura brasileira : Contos B869.301

Editora Malê
Rua Acre, 83, sala 202, Centro. Rio de Janeiro (RJ)
www.editoramale.com.br
contato@editoramale.com.br

O presente é tão inascível como o ponto. Porque, se o imaginarmos sem extensão, não existe.

(Jorge Luis Borges, escritor e poeta argentino)

À espiritualidade que fortalece, ensina e me abre as portas todos os dias. À minha filha, Flora, e a todos que acreditam em mim. À graça divina de algumas vezes poder tirar os pés do chão.

À minha mãe, Edith, e suas irmãs, de quem sempre ouvi histórias do sobrenatural e de mistérios que permeiam nossa existência, uma tradição familiar que atravessa gerações.

Sumário

Prólogo
Raízes de uma escrita afrofuturista

Estes contos reunidos foram criados ao longo de sete anos, um período cabalístico em muitas culturas, uma crença que eu acredito ter uma importância marcante de completude de ciclo. Aos que queiram conhecer um pouco do meu percurso, ofereço aqui histórias escritas a partir de 2018, em períodos salteados, sendo que várias delas foram publicadas em antologias de editoras como a Villardo, Cartola, Oralituras, Flup/Bazar do Tempo, Conexão 7 e Nebula, além das inéditas. Neste livro, alguns contos chegam revisitados, porque me disponho a acolher impressões diferentes sobre minha própria escrita e valorizo a oportunidade de aprofundamento ao me reencontrar com ela.

Nos primeiros textos que escrevi, "Horror na serra fluminense", "Pequena história de um dia", "O vestido" e "Filhos pretos", o racismo tem um lugar propulsor. E como não? Escritores como eu, que estão hoje muito mais identificados com os gêneros do fantástico, da ficção-científica e do afrofuturismo, também fazem parte da grande massa de não-brancos que experenciam esse traço cruel da humanidade. A nossa própria pele grita por "escrevivências". No meu caso também é assim, já que não estou alienada sobre a história real em que estamos inseridos. Para chegar à literatura especulativa houve um processo, do qual os contos acima citados fazem parte.

"O giro de Adisa", que considero o meu primeiro conto de fantasia, trouxe a presença dos orixás e abriu um portal para os temas além da realidade que mais me atraíam na infância e adolescência. Junto com os seriados de ficção-científica, que me mantinham grudada na televisão, e dos gibis de super-heróis, vinham também os filmes de aventuras em que os protagonistas brancos estavam sempre correndo atrás das relíquias e riquezas dos povos da Índia, da África, da América Latina e da Ásia, para lhes roubar, tendo os nossos olhares infantis, ingênuos e colonizados na torcida a seu favor.

Mais adiante, por volta dos 16 anos, assim que comecei a ganhar o meu próprio dinheiro em pequenos empregos e pude comprar livros, descobri Jorge Luiz Borges, Julio Cortázar e Gabriel Garcia Marques, escritores da América Latina através dos quais conheci romances e contos do realismo fantástico. Pronto! Foi identificação imediata, porque, desde essa época, eu já me entendia como pessoa que trafega pelos limites entre o concreto e o metafísico. Afinal, esta porta já tinha sido aberta pelas mulheres que me antecederam na família, como minha mãe e tias, que sempre tinha algum caso sobrenatural para contar, porém, com leveza, para que acolhêssemos também como nosso esse universo.

Deste lugar das lembranças e impressões que marcaram o meu imaginário, resultaram contos como "Irmãs" e "Ancoragem". Sobre "Irmãs", aliás, não posso deixar de falar de Carolina Maria de Jesus, porque esta minha pequena história surgiu de uma provocação da oficina literária da Flup que homenageou a escritora com a coletânea

Carolinas, na qual essa espécie de fragmento está publicada. Carolina me impactou, como a qualquer um que conhece sua genialidade, ao mostrar o mundo real com descrições de cores e formas quase extraplanetárias e profunda consciência crítica em autoficção. Foi sua obra que me fez reencontrar na estante os livros de Machado de Assis, Lima Barreto e João do Rio, que eu nem sabia que eram pretos, e cujas criações também carregam imagens que extrapolam o conceito de normalidade.

Já muito mais apegados à ficção-científica, a qual tive acesso principalmente por cinema e TV, nasceram os contos "Intervenção Sirius", "Expansão" "A outra face" e "Ruptura", provavelmente influenciados pelas produções sobre extraterrestres, viagens no tempo, ou na ficção-científica europeia do início do século XX – apenas no estilo e, obviamente, não pelo conteúdo supremacista branco.

Por sinal, a escolha de me dedicar à literatura especulativa negra e ao afrofuturismo veio da percepção da ausência de nosso protagonismo em gêneros literários do universo fantástico. Junto a isso, conhecer na atualidade as histórias de Octavia Butler e N. K. Jemisin, as obras de Fábio Kabral, Ale Santos e Lu Ain-Zaila, e ainda as análises de Leda Maria Martins sobre a fruição do tempo espiralar, me fez revirar o meu próprio baú de imagens de ficção que abordam ciência, tecnologia, sonho e magia. Não ter enxergado ninguém como eu no papel principal foi uma das motivações para me lançar no mesmo caminho desses criadores e escrever o meu primeiro romance afrofuturista, *O céu entre mundos*, também editado pela Malê, além de outras histórias que não estão aqui presentes, mas que vocês ainda irão conhecer.

Sandra Menezes

Horror na serra fluminense

Abro a porta de casa em silêncio. Quero dormir, esquecer o dia que me deixou prostrada, como se minha energia tivesse sido sugada. O convite de Celso e Elisa, amigos de repartição, para conhecer as fazendas de café do Vale do Paraíba me pareceu ótimo para fugir da rotina. Aceitei, e ocupei meu lugar no carro que saiu do Rio numa manhã de sábado. Alegres, aproveitamos uma parada na subida da serra para comer o tradicional sanduíche de linguiça da região. Na lanchonete, um chalé aconchegante, havia um burburinho de turistas que ocupavam as mesinhas da varanda, falando alto, em meio a mordidas vorazes na especialidade da casa e passadas de guardanapo nas bochechas lambuzadas.

Estacionamos o carro em Vassouras, onde uma van quase lotada nos esperava. Na estrada de terra, os pais apontavam aos filhos os cavalos e bois no pasto, e o motorista desviava dos buracos, ao mesmo tempo em que elogiava as propriedades dos antigos barões do café:

— Os fazendeiros que vieram pra cá no século XVIII enriqueceram, garantindo a prosperidade das gerações futuras. — O homem magro e grisalho tentava injetar entusiasmo na frase decorada que, provavelmente, fazia parte de seu roteiro há muitos anos.

— Festival do Vale do Café 2014: degustação de variados grãos do "pretinho gostoso", tour pelas propriedades, shows e deliciosos lanches! — bradou um dos passageiros, lendo em voz alta o texto do folheto de divulgação.

Houve quem lhe devolvesse atenção com sorrisos. Já eu, Aline, aos 46 anos, depois de um longo tempo emendando trabalho sem férias, apenas relaxei o pescoço no encosto do banco, aproveitei o ar fresco do campo e não tirei os olhos da paisagem.

Na primeira fazenda, uma mulher vestida à moda da época colonial nos recebeu orgulhosa:

— Meus antepassados construíram o progresso do Brasil com amor, produzindo sacas e sacas de café e até exportando mundo afora — disse garbosa, e fixou um largo sorriso no rosto.

Curiosos, seguimos guiados por ela em um tour pelos aposentos do casarão, entre móveis de madeira nobre, vasos de porcelana chinesa e retratos do casal de fazendeiros rodeado por numerosos filhos. Na cozinha, duas senhoras negras com roupas e turbantes de algodão cru retiravam chaleiras do fogão a lenha e derramavam água quente em grandes coadores de café de pano, à moda antiga.

Imediatamente, o espaço foi inundado pelo aroma saboroso dos grãos moídos. Fiquei intrigada porque as cozinheiras evitavam me olhar, mas eram atenciosas com as pessoas brancas. Só então me dei conta de que os únicos negros entre os turistas eram um pai com seu filho de sete anos e eu.

O grupo então atravessou um grande quintal e entrou por um caminho que finalizava numa seta indicando "Senzala". Nessa hora, senti um arrepio profundo, estanquei e quase desisti de continuar. Celso e Elisa preferiram garantir lugares no galpão onde se apresentaria um quarteto de cordas e deram meia-volta. Mas, atendendo a um estranho impulso, decidi ficar com os outros e caminhei na direção da senzala. Foram poucos passos até uma casinha caiada, onde todos se amontoaram em torno de uma janela.

Cheguei mais perto, e quando vi o que havia lá dentro, meu coração disparou: eram equipamentos de tortura, onde estavam presas réplicas perfeitas de três homens negros confeccionadas em cera, no tamanho real, com os troncos nus, e vestidos com calças que iam até a altura da canela. No chão de terra batida, um deles estava de joelhos, preso pelo pescoço e pelas mãos numa espécie de guilhotina; outro estava deitado de costas, imobilizado pelos tornozelos num aparelho semelhante e com os punhos unidos por anéis de ferro; e o terceiro estava de pé, acorrentado pelo tórax a uma imensa tora de madeira que ia do solo ao teto. Os olhos eram esbugalhados, as bocas abertas e, dos ferimentos causados pelas correntes e grilhões, vertia uma tinta assustadoramente vermelha.

O turista negro quis afastar o filho, mas o menino já havia visto tudo. Aos prantos, pedia para ir embora. Alguns fotografavam freneticamente, disputando lugar na janela com os celulares erguidos. Fiquei paralisada frente ao horror, com lágrimas por todo o rosto. Tentando ajudar, um guia me levou até um salão de buffet e me ofereceu uma cadeira. Ao erguer os olhos, entretanto, me vi no meio de uma encenação, tendo ao redor casais de pessoas brancas vestidas com trajes nobres de época caminhando sorridentes, e o café com bolo sendo servido nas mesas por homens negros descalços e vestidos como os escravizados de cera da senzala.

Levantei um pouco tonta e percorri as redondezas procurando por ajuda de alguém que pudesse entender o que estava acontecendo comigo naquele momento. A pouca distância, avistei as duas cozinheiras de pé na soleira da cozinha, encarando-me com ares de pesar. Eu precisava sair dali. Com as pernas ainda bambas, andei mais um pouco, ouvindo ao longe o trecho caótico das *Quatro Estações*, de Vivaldi, até que encontrei um banco do jardim que tinha o símbolo de Sankofa* no encosto de ferro. Respirei fundo, amparada pela força maior dos ancestrais africanos, e descansei, posicionada de frente para o pôr do sol e de costas para a festa macabra.

No caminho de volta, os amigos falavam com tanto entusiasmo sobre a performance do quarteto clássico que quase não me notaram chorosa e encolhida no banco de trás. Lá fora, uma névoa gelada caía no fim de tarde da serra fluminense enquanto eu pensava tristemente no menino negro, nas cenas de tortura e em como ajustaria os rumos da minha própria vida dali por diante.

---

* Sankofa é um ideograma do conjunto de símbolos denominados Adinkras, dos africanos de Gana. É a imagem de um pássaro com a cabeça voltada para trás ou duas justapostas espelhadas lembrando um coração. Ele foi trazido pelos ganeses que vieram escravizados para o país e, até hoje, é frequentemente encontrado em grades de janelas, portões ou muros de residências ou de outras edificações. O significado de Sankofa é "voltar ao passado para ressignificar o presente e construir o futuro".

Pequena história de um dia

A luz da manhã em Laranjeiras é especial. Um tom dourado banha as folhas das quaresmeiras, mangueiras, amendoeiras, imbuzeiros e de tantas outras árvores espalhadas pelo bairro. Os moradores deste refúgio acolhedor, com ruas de casarios antigos, prédios pequenos dos anos 1950 e de edifícios novos que ultrapassam dez andares, deveriam ser simpáticos e sorridentes, gratos pela visão diária da estátua do Cristo Redentor. Mas nem sempre são assim.

Na rua principal, a das Laranjeiras, no trecho acima da Rua Alice, em direção ao Cosme Velho, o ar vai ficando mais frio. Nos últimos tempos, os desvalidos, sem teto e pedintes costumam se aconchegar sob as marquises do Hospital do Coração, das pequenas agências de bancos e nas praças. Isso é motivo de muita irritação para os moradores que preferiam continuar em suas bolhas, livres de ter que presenciar as mazelas do mundo de hoje no Rio de Janeiro, cidade já não tão maravilhosa.

Muitos deles, inclusive, recebem com estranheza, e até com certa raiva, novos vizinhos como eu, mulher negra por volta dos quarenta anos, independente, que acabou de alugar um apartamento de frente para o Cristo, com varanda, playground e academia. Entro e saio da garagem com meu próprio carro todos os dias, o que é considerado por alguns dos residentes como um intolerável ato de provocação.

Numa das belas manhãs do outrora chique bairro de Laranjeiras, saí do meu apartamento, tranquei a porta e fiquei no corredor à espera do elevador. O morador do apartamento em frente, um senhor branco de terno e gravata, também saiu, e aguardou ao meu lado. O elevador social chegou. A porta automática se abriu e eu não entrei. O velho senhor estendeu a mão na direção da cabine e iniciou um diálogo:

— Pode entrar... eu não me importo.

— Vou para a garagem, senhor, tenho que descer no elevador de serviço.

— Mas você tem carro?! Que bacana!

— Bacana? Por que o senhor está admirado?

— É que achei a ideia dos seus patrões muito boa. Assim que puder, vou comprar um carrinho para a minha empregada, quem sabe ela deixa de chegar atrasada, não é? Você até que é bonitinha, hein... O vizinho deve estar satisfeito!

Com um sorriso sarcástico no canto da boca, o homem entrou no elevador. Pensei em revidar antes que a porta se fechasse, mas cheguei à conclusão de que não valeria a pena naquele momento. Acho por bem passar-lhe uma boa descompostura à noite, em minha primeira reunião de condomínio. Já no carro, respiro fundo umas dez vezes. Só então parto para a aula de meditação no Largo do Machado.

O vestido

O vestido de noiva estava bem passado em cima da cama, no quarto da casa de Marina, minha melhor amiga. Foi lá que resolvi me arrumar para não dar trabalho à minha família, que se ocupava com a produção da cerimônia do meu casamento na pequena capela do jardim do Palácio Guanabara, no Rio de Janeiro. A maquiagem estava pronta, eu mesma havia feito, e resolvi manter o cabelo crespo, ao natural, sem véu, adornado apenas com uma guirlanda de flores do campo. O buquê, encomendado a uma loja de noivas por minha mãe, era de muita delicadeza, pois misturava flores brancas e cor-de-rosa de tecido, atadas por uma fita longa de cetim.

Marina voltou da cozinha com uma jarra de suco de maracujá.

— Olha só, bem docinho pra acalmar e dar uma hidratada antes de ir pra igreja. Vamos tomar juntas!

Peguei o copo e obedeci. A sensação era de estar tomando um bálsamo dos céus. Respirei profundamente, me preparando para a grande hora: vestir o vestido cor de pérola com pala de renda que eu mesma mergulhara no mate dias antes, para que ficasse com um tom sépia, meio antigo, que era moda no final dos anos 1970. Nada de branco. Queria fugir do lugar comum.

Braços para cima, e no exato momento em que o traje descia lentamente por minha cabeça, tive a sensação de que meu corpo estava sendo contido numa espécie de túnel cor de papel, onde o tempo e o espaço não eram reais. Em meio a isso, ouvi a voz grave de uma mulher que dizia: *Meu filho, nunca é tarde pra voltar atrás. Casamento se desmancha até no altar.* As duas frases reverberaram no espaço em que me vi aprisionada, com um efeito assustador, quase diabólico.

Quando o vestido finalmente desceu e pude respirar fundo, Marina estava me encarando com estranhamento:

— Você empalideceu, Ana. Está tudo bem?

— Claro, tudo bem, sim... Que sufoco pra esse vestido descer, não foi? — respondi, ainda impactada, mas forçando um meio-sorriso.

— Sim! E vira logo de costas porque tem mais um monte de botõezinhos pra eu abotoar aqui na parte de trás. O atraso da noiva não pode ser muito grande, não é?

Marina fez um movimento à minha volta e começou a fechar a fileira de botões encapados nas costas do vestido, enquanto eu me concentrava em eliminar da mente coisas ruins e pensar apenas no Pedro, meu amor, que àquela hora já estaria me esperando na capela.

Tudo pronto. Ao me ver deslumbrante no vestido de noiva, a expressão no rosto de minha amiga era quase de espanto:

— Ficou uma lindeza! — disse, me fazendo girar o corpo para todos os lados em frente ao espelho. — E não é que a maquiagem combinou certinho com a paleta pastel dos adornos? — completou admirada.

Rimos bastante, com Marina imitando o nosso professor de cinema da faculdade, que gostava de ilustrar as suas ideias de enquadramentos delimitando uma telinha imaginária com os dedos. Mas ainda faltava um detalhe: atravessei o quarto até a poltrona onde havia deixado uma sacola e tirei de dentro dela o pequeno frasco de *Vivre,* um perfume francês, meu preferido desde a adolescência. Eu o havia experimentado pela primeira vez no meu aniversário de 15 anos, presente de meu pai.

Talvez por ter acessado o território da memória afetiva, notei que um pequeno nó permanecia em minha garganta. Fiz um esforço consciente para me manter no presente, no clima mágico que precedia a cerimônia que eu esperara com alegria. No entanto, ao abrir o vidro, o perfume inundou o espaço, e junto com o aroma, vieram flutuando no ar algumas palavras em letra cursiva: *Filho, diga pra onde quer ir e nós manteremos você em qualquer outro país, pelo tempo que quiser. Saia desse ambiente.* As frases formadas ondularam na minha direção como duas rabiolas de pipa, mas, ao se aproximarem, viraram lâminas afiadas e entraram na minha cabeça como espadas certeiras me perfurando a testa. Quase caí, e tive que me sentar na cama por uns instantes. Marina percebeu o mal-estar e foi até a cozinha pegar um copo d'água para que eu me restabelecesse.

Meu corpo inteiro tremia, mas consegui conter uma lágrima que se insinuava. Àquela altura, eu não poderia revelar à minha amiga que eu estava tendo lembranças da carta desumana que havia sido escrita pela mãe do meu noivo, numa última tentativa de impedir o casamento. Os seus motivos fincavam-se no inconformismo da pessoa racista, diante do fato de seu único filho, um homem branco, estar prestes a oficializar o casamento com a mulher negra que amava, e a quem ela sequer quisera conhecer.

O pequeno envelope havia sido entregue pelo carteiro na semana anterior à data do casamento, no apartamento onde já vivíamos juntos há alguns meses. Pedro tentou escondê-lo, mas depois ponderou e decidiu ser fiel ao nosso combinado de não mentir, de nunca deixarmos de falar sobre o que estivesse relacionado a nós dois. Leu a carta em voz alta até o fim e esbravejou contra sua família. Mais tarde, ainda no mesmo dia, depois de horas em silêncio, me convidou para um pequeno ritual: acendeu uma vela, e, na chama, queimou o envelope e seu conteúdo, querendo deixar claro que as palavras ali contidas não tinham valor para ele.

No quarto de minha amiga, enquanto vivia aquela experiência surreal, num momento da vida que deveria ser só de emoções positivas, consegui retomar minha postura. Não podia deixar que aquilo me roubasse a felicidade de estar pronta para a consagração do amor. Retoquei a maquiagem e busquei no fundo do coração o meu sorriso mais bonito. Do lado de fora da casa, meu pai apertava a buzina do carro que tinha alugado para me levar à igreja.

Embarquei sorridente, afastando do semblante qualquer expressão inoportuna de tristeza ou de ressentimento. Mas, no trajeto, sem conseguir evitar completamente as reflexões quanto ao que ainda viria, lutei com muita força para transmutá-las, recorrendo, inclusive, à porção irônica da minha personalidade. Afinal, que importância tinha se de um lado do altar na igreja não estariam os pais do Pedro, e sim os pais de Artur, seu amigo de infância, que carinhosamente ofereceram as bençãos ao noivo para que ele não se sentisse órfão naquela situação? Qual o problema se, mais tarde, quando mostrasse o álbum de fotografias do casamento aos nossos filhos, eu tivesse que explicar que os avós paternos não estavam presentes porque preferiam que o filho estivesse no altar com uma mulher branca? Nada demais as crianças saberem que, mesmo sem ter conhecido sua mãe, a consideravam indigna do nome daquela família tradicional e de seu meio social, pois supunham que, por ela ser negra, vivia na promiscuidade e, portanto, só poderia ser uma oportunista.

Enquanto meu pai esperava num sinal vermelho, baixei o vidro da janela do banco de trás do Opala para ouvir a canção que saía bem alto da caixa de som de uma loja do outro lado da rua. Era o sucesso de Caetano Veloso, *Como dois e dois*, na voz de Gal Costa.

O casamento aconteceu com todas as etapas do rito: igreja cheia de amigos, coro cantando *Ave-Maria*, de Gounod, arranjos de lírios e rosas por todos os ambientes, sermão do padre, risos, lágrimas emocionadas dos meus pais e irmãos, chuva de arroz, bolo confeitado e brinde com champanhe importada.

O tempo passou. A união durou sete anos, mas Pedro e eu nunca falávamos sobre o dia do casamento. A lembrança da cerimônia havia sido maculada pelo desprezo, pela insensatez e pela crueldade que o racismo impõe ao se revelar. Meses depois, mandei o vestido a uma tinturaria para mudar a cor. A ideia era que uma costureira o transformasse num modelo chique para festas. Todavia, tive que recebê-lo de volta, pois, curiosamente, nenhuma marca de tinta pegava sobre o tecido. Era como se ele se recusasse a ser outra coisa que não fosse o vestido de noiva. Acabei o deixando guardado numa caixa redonda de papelão no maleiro do guarda-roupa.

Depois disso, por motivos diversos de ambas as partes, nos divorciamos. O amor verdadeiro, entretanto, pode ser um sentimento duradouro, que não acaba, apenas se transforma. Pedro e eu nos tornamos amigos, superando as desavenças. Vimos de frente o lado perverso da humanidade, aquele que fere e muitas vezes tenta aniquilar pessoas e sentimentos, mas saímos vencedores. Fomos felizes!

Um dia, enquanto arrumava uns pertences para me mudar de apartamento, abri a caixa redonda, encontrei nela a guirlanda de flores do campo e o buquê. Ali eles permanecem até hoje, passados 40 anos. Porém, quanto ao vestido, por mais que tente, não consigo lembrar o que foi feito dele. Simplesmente, desapareceu.

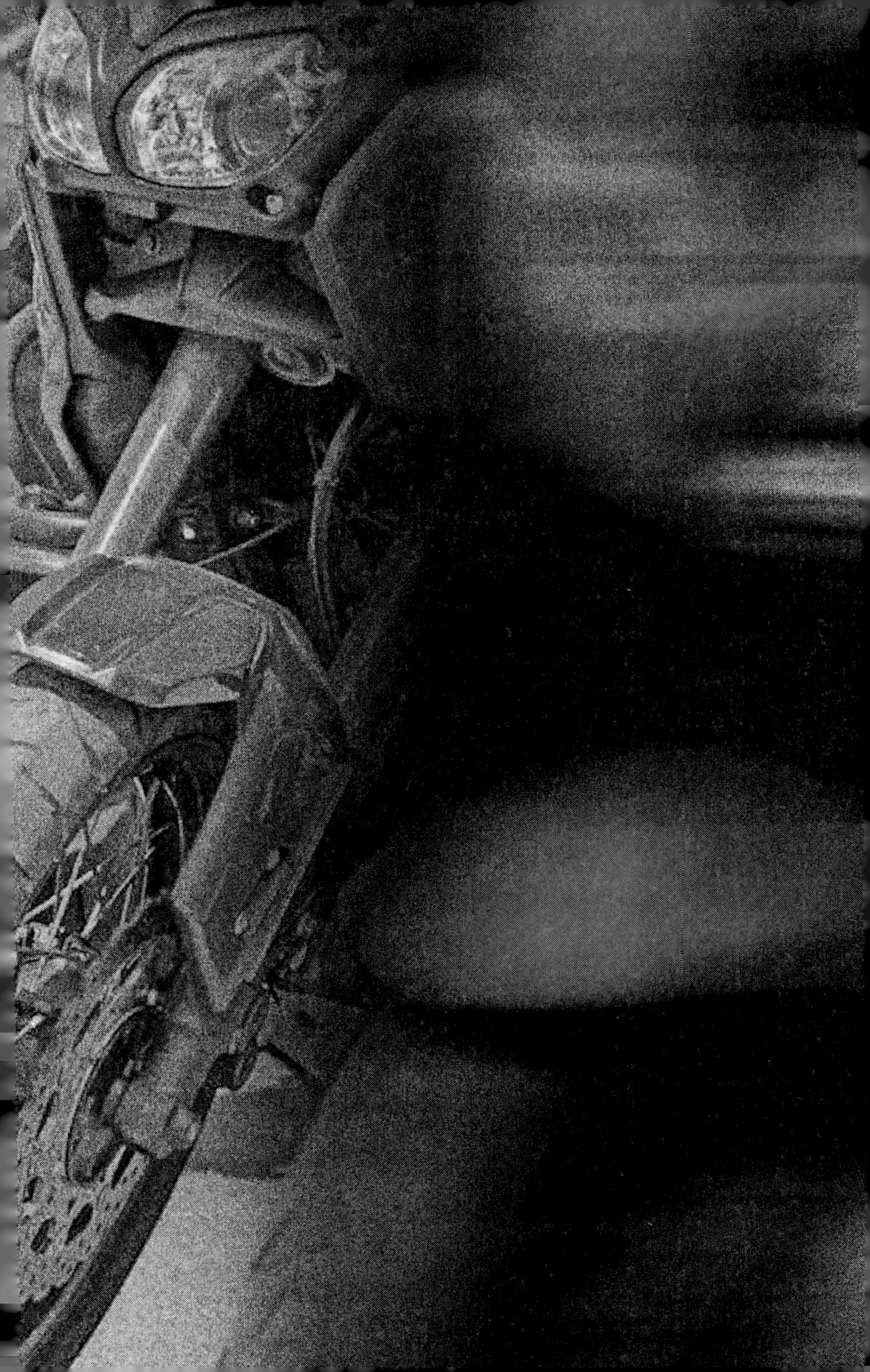

Filhos pretos

Debaixo do sol de quase meio-dia, Judith, uma mulher de 53 anos, empregada doméstica num dia de meia-folga do trabalho, voltava para casa com duas bolsas pesadas do supermercado. Ela morava na parte alta de uma comunidade na Zona Oeste carioca e, antes de encarar a subida, resolveu sentar-se no banco da pracinha logo na entrada da rua principal, próximo à estação do teleférico, que estava sempre fechada. Era grande o movimento dos mototaxistas, e um deles parou bem em frente ao banco onde estava Judith, dizendo que se ela lhe desse apenas dois reais, ele a deixaria com as bolsas e tudo na porta de casa.

— Mas você nem sabe onde eu moro...

— Ô tia, a galera das motos sabe onde mora todo mundo do bairro. Te levo lá!

O nome dele era Carlos, mais conhecido como Carlinhos Motoboy, um menino negro de uns 16 anos, com um olhar esperto e cabelo descolorido bem curtinho. Judith resolveu não aceitar, porque, antes de pensar no cansaço, pensou no que comer, e aqueles dois reais poderiam pagar dois pães franceses fresquinhos para o café da tarde.

— Agradeço, meu filho, mas já fiz a maior parte do caminho a pé e estou acostumada a vencer essa distância. Já, já eu chego em casa. Deus te guie e proteja.

Carlinhos lhe enviou uma piscada de olho, não insistiu e botou a moto em movimento. Judith deu mais uma esticada nas pernas, aproveitando a sombra de uma mangueira. Não tinha pressa, porque, naquele dia, a única coisa que havia combinado com a patroa, que chegaria de viagem à noite, era que passaria no apartamento dela à tarde para dar uma limpada no chão e tirar o pó dos móveis. Expediente inteiro, só no dia seguinte. Enquanto olhava o vai e vem de pessoas subindo e descendo, lembrou que já tinha deixado o almoço pronto e que teria tempo para sentar à mesa da cozinha e escrever uma carta para a sua irmã Dina, que não via há anos, pois estava morando em Rondonópolis, no Mato Grosso. Dizia para si mesma:

— Acho que vou começar falando que o Ronaldo daqui a pouco vai fazer dezessete, e que ela não vai acreditar na altura dele quando a gente se encontrar de novo. *Três anos falando só por telefone, não é, Dininha? Por isso resolvi escrever, te contar sobre o meu trabalho na casa da dona Viviane e da vida que levamos por aqui.*

Judith até queria ter ficado mais tempo na pracinha, mas ia ter que encarar o sol, e a temperatura estava alta de um jeito que parecia subir uma fumaça do chão. Ela pegou uma bolsa de cada lado, tomou fôlego e enfrentou a subida enquanto distraía a mente pensando na carta, como se já estivesse escrevendo cada trecho:

"O que o Ronaldo almoça é a comida que eu deixo pronta de véspera. Ele estuda de manhã e trabalha na farmácia à tarde. Roda de bicicleta por todo o bairro entregando remédios até umas sete da noite. Aí ele vem pra casa, janta, pega os cadernos e depois fica no computador. Olha que bacana, Dina:

o meu filho está aprendendo inglês de graça num curso que tem na internet. Da cozinha, eu escuto ele repetindo o que diz o professor. Fala igualzinho, porque acho que ele tem dom pra língua estrangeira. O meu menino é bom. Não tenho o que reclamar dele não."

Do outro lado da rua, na calçada esburacada, Judith viu uma senhora tentando passar com um carrinho de bebê de lona daqueles antigos, com rodas miúdas. Dentro dele, a criança negra estava com as pernas pra fora. Crescida, já quase não cabia no pouco espaço.

"É a dona Lina, com a neta", reconheceu Judith, "bem que eu queria lhe enviar um aceno, mas com as duas mãos ocupadas ..."

Na hora, pensou na sorte que aquela criança tinha de ter uma avó para cuidar dela enquanto a mãe trabalhava fora. Enfim, avistou seu portão, subiu a última escadaria sentindo umas pontadas no joelho esquerdo e o suor escorrendo por dentro da roupa, contou mais uns dez degraus e pronto. Ufa! Estava em casa. Depois de lavar o rosto e as mãos, guardou as compras, trocou o vestido por uma camisolinha fresca e colocou uma folha de papel sobre a mesa da cozinha para escrever a carta. Começou do mesmo jeito que havia pensado antes, e foi em frente:

Três anos é o tempo em que estou trabalhando na casa da dona Viviane. Ela é gente boa, me paga um salário bom e me trata bem. Assinou carteira e tudo. Disse que o meu nome, Judith, é bonito e que eu nem pareço ter cinquenta e poucos anos. Veja só? Lembrei da nossa mãe, dona Eunice. Eita pernambucana linda, com os olhos castanho-mel. Do nosso pai, seu Durval, você deve lembrar melhor do que eu. Quando penso nele, vejo um negro forte, sério, que gostava de vestir roupa branca e me pegava no colo com um braço forte. Quando ele sumiu, eu devia ter uns cinco anos, e você sete, um pouquinho maior, mas criança também. Minha pele é mais escura que a sua, Dininha. Você acha que eu puxei a ele?

Mas, voltando a falar da dona Viviane, ela e o marido são do tipo bem escuros, usam cabelo Black Power e tudo. Eu nunca tinha conhecido ninguém igual a eles que tivesse dinheiro. Precisa ver o apartamento no Flamengo. Ele é engenheiro numa empresa de petróleo, já ela é advogada e ganha muito bem no Ministério Público. Ainda assim, dona Viviane se queixa e tem medo do que o mundo possa fazer com seus filhos. Eu falo sempre pra ela: Se a senhora, que é quase rica, tem medo, imagina eu?

Um canto alto de bem-te-vi soou na sala anunciando o meio-dia, e Judith levantou de súbito. O som vinha do relógio de pássaros que ela havia ganhado no Natal do ano anterior, numa rifa da associação de moradores para compra de cestas básicas. Ligou a TV porque era a hora do telejornal, e mesmo voltando à escrita da carta na cozinha, ao mesmo tempo, ficava atenta às notícias. Releu o último trecho e seguiu com o relato:

Aí a minha patroa virou pra mim e disse que as mulheres brancas nunca saberão como vivem amedrontadas as mães de filhos pretos num país como o nosso, porque o racismo acontece do mesmo jeito, tanto pro meu filho pobre, quanto pros dela, que vivem naquele apartamento na Zona Sul da cidade. E ele pode matar. Quantas vezes eu já vi isso aqui, Dininha? E olha, quando eu pego as gêmeas dela na saída da escola e vou a pé com elas, as meninas não são vistas como as outras que entram nos carros das mães. Sabe aqueles elogios "olha que lindinhas", ninguém diz isso pras pretinhas. Acho que pensam que elas são minhas filhas, que são bolsistas. Mas que nada, os pais pagam é muita grana pra elas estudarem naquela escola.

Um barulho lá fora chamou a atenção de Judith, que parou de escrever e foi dar uma olhada na janela. Era um helicóptero parado no ar sobre a comunidade. Estava tão baixo que dava para ver na lataria a marca de uma emissora de televisão. Não voltou para a carta, porque viu que uma operação policial estava sendo transmitida na TV. Sentou no sofá e teve um choque quando a câmera mostrou do alto a caixa d'água do seu bairro. As imagens foram ficando aproximadas e apareceram uns jovens de camisa da escola pública correndo nas calçadas, rente às paredes, se protegendo das rajadas de balas. Um dos helicópteros era da polícia, e eles estavam atirando. Na hora, pensou no seu filho e levou as mãos à cabeça.

— Será que ele já saiu da escola também, meu Deus?! — falou em voz alta, sentindo taquicardia.

Na tela, apareceu o buraco do muro do lado da linha do trem, por onde moradores atravessavam para chegar à subida do morro, que estava sendo bloqueado por policiais armados de fuzis.

"Como é que os meninos vão chegar aqui?", pensou, já de pé, andando pela sala.

Muito apreensiva, pegou o celular e ficou ligando pro filho. Caía na caixa postal o tempo todo, porém ela tinha que manter a cabeça fria. Quis trocar de roupa e sair atrás dele, mas como? O tiroteio não parava. Olhou pela janela rapidamente, com medo de bala perdida, e conseguiu ver na rua debaixo os mototaxistas passando em grupo, feito um desfile de cabeças descoloridas, todos fugindo, meio tontos, a maioria pretos. Judith temeu por eles, porque qualquer um ali poderia levar chumbo. Lembrou-se do menino que ela tinha achado educado e alegre, o qual lhe oferecera a garupa por dois reais.

— Todas as Nossas Senhoras, Iemanjá, Oxum, Nanã, cuidem do meu filho! E também desses meninos que estão trabalhando —

clamou com fé, e voltou para a tela da TV, já chorando de aflição e torcendo para que a polícia fosse logo embora.

Mas o que aparecia eram os policiais invadindo os quintais e chutando as portas dos barracos. De repente, o sinal caiu e a tela ficou preta por alguns segundos, mas para Judith pareceu que foi por muito mais tempo. Lhe veio uma dor de cabeça forte e, não se aguentando de nervoso, mudou de canal. A outra emissora mostrava na rua uma fila indiana de rapazes sendo colocados na parte de trás do camburão. Uma repórter entrou dizendo que a polícia havia prendido uma dezena de bandidos. A câmera pegou a fila dos presos bem de perto. Estavam algemados, sujos, todos pretos, e alguns pareciam menores de idade. No meio deles, Judith viu o Ronaldo. Que baque!

— Por que meu filho está com o peito nu? Onde estão a camisa da escola e a mochila com os documentos? — gritou aflita, confusa, mas acabou suspirando um pouco aliviada só de saber que Ronaldo estava vivo.

Ajoelhou-se no chão e agradeceu a Jesus e São Jorge. Depois levantou rapidamente, foi trocando de roupa enquanto fazia uma respiração compassada. Correu até a cozinha e tomou o seu remédio de controle da pressão. Elevou o pensamento a Deus e agradeceu pela repórter ter dito para qual delegacia eles estavam sendo levados. Decidida, pegou o celular, uma camisa do filho, abriu a gaveta da cômoda, achou a caderneta de vacinação de Ronaldo e jogou tudo na bolsa.

— Vai que sumiram com o documento dele? — Pensou que era melhor estar precavida.

Com medo e ainda ouvindo as rajadas de bala, saiu se amparando pelos cantos. Evitou a escadaria pra sentir menos o joelho e desceu alguns metros andando rápido pelas ruelas. Deu uma parada no balcão da vendinha do Ceará e pediu para ficar no banquinho atrás do balcão enquanto fazia uma ligação para a patroa. Ela atendeu. Judith teve que controlar o nervoso para botar as palavras pra fora:

— Dona Viviane, desculpa, mas não vou poder limpar o apartamento porque estou indo tirar o Ronaldo da delegacia. Depois lhe explico.

Assustada, dona Viviane perguntou qual era a delegacia, pois já ia pedir a um amigo advogado que fosse até lá para ajudar. Ao ouvir aquelas palavras, Judith conseguiu se acalmar um pouco e avisou que estava indo para a 11ª Delegacia de Polícia. Desligou o celular, respirou fundo e, quando olhou para a calçada, Carlinhos já vinha entrando na venda.

— Oi, tia. Vim te ajudar. Vamos descer comigo?

— Ah, meu filho, que coisa boa. Onde é que está a moto?

— Não tô com ela. Vamos andando e a senhora pode se escorar em mim, sem problemas.

— Está certo, mas no asfalto eu tenho que pegar um táxi. Vou buscar meu menino na delegacia.

— Claro, eu boto a senhora no táxi. Tá bom assim?

E os dois desceram devagar, com o rapaz atento a cada ruela onde viravam e buscando abrigo a cada rajada de balas que ouviam. Pelo esforço que fazia para caminhar mais rápido, Judith mal podia falar, e Carlinhos a segurava firmemente, lhe mostrando os obstáculos no chão pedregoso para que ela não tropeçasse. Até que, finalmente, chegaram no asfalto. O jovem fez sinal para um táxi, abriu a porta e ajudou Judith a se acomodar no banco traseiro. Ela se despediu e viu no rosto dele uma expressão de paz e de dever cumprido. Só queria entrar logo na delegacia e abraçar o filho de novo.

O advogado já havia chegado e a recebeu na porta. Demorou a tarde toda, mas conseguiram voltar bem para casa, e o Ronaldo, por pouco, não ficou fichado na polícia. Mãe e filho estavam exaustos. Ronaldo tomou um banho frio, não quis comer, abraçou a mãe, pediu sua benção e foi dormir desolado.

Na sala, Judith quis ver o último noticiário, e a principal notícia do dia era o saldo da operação policial na sua comunidade. As imagens iam aparecendo enquanto a apresentadora narrava um dos momentos mais fortes:

— *Logo depois da chegada da polícia, pouco antes do meio-dia, um motoboy, conhecido como Carlinhos Motoboy, foi baleado na cabeça assim que chegou próximo ao aglomerado de policiais que trocavam tiros com bandidos, a poucos metros da subida da rua principal.*

Em meio às imagens da favela, apareceu uma foto 3x4 de Carlinhos, e Judith o reconheceu.

— Meu Deus, é aquele menino. Mas tem alguma coisa estranha, porque ele me ajudou a descer bem depois do meio-dia — falou para si mesma.

E a matéria continuou com a entrada de um repórter no local, dizendo para a câmera:

— *Enquanto os policiais invadiam casas e quintais para prender os criminosos, os motoboys se reuniram e fizeram um cortejo em protesto ao ocorrido com Carlinhos. O rapaz foi levado imediatamente para o hospital por um morador que passava de carro. Desde então, encontra-se em coma profundo e não temos notícias oficiais sobre o seu estado de saúde.*

A apresentadora deu "Boa noite" e as letrinhas subiram com os motoboys enfileirados, exatamente a mesma imagem que Judith vira pela janela de sua casa. Só que, ao contrário do que pensava, eles não estavam em fuga, e sim em protesto pelo que já havia acontecido com Carlinhos, quase uma hora antes de ela ter sido amparada pelo menino preto alegre e educado que poderia ser seu filho.

O Giro de Adisa

A história que você vai conhecer agora aconteceu no século XVII, na região do antigo Daomé, África Ocidental. Meu nome é Adisa e, apesar de já ter passado tanto tempo, minha jornada continua sendo narrada por gerações e gerações de griots, com os mesmos detalhes do começo ao fim, sem que nunca ninguém pergunte se foi ou não verdade, pois isso é o que menos importa.

Nasci no Daomé, pertenço à civilização Iorubá e fiquei viúva ainda jovem. Meu marido era Zaki, um mercador que acabou morrendo no deserto, numa das batalhas com os piratas azuis, como eram conhecidos os tuaregues. Estávamos em 1647, e esses nômades atravessavam o Saara em seus camelos, invadindo reinos e saqueando tudo o que encontravam no caminho, sempre bem armados com facas e espadas, prontos para roubar, matar, sequestrar caravanas e atacar cidades da África Ocidental. Tudo o que eles capturavam, fosse ouro, especiarias, perfumes exóticos e até pessoas, era vendido a bom preço no comércio estabelecido com os exploradores europeus no Norte do Continente Africano.

Sem meu marido, continuei cuidando de minhas terras, prósperas em ouro bruto, de onde era extraída uma boa quantidade para ser vendida aos habitantes de aldeias vizinhas menos afortunadas. Assim eu conseguia manter meu clã, formado por mim e por meus filhos, Kwame, Shaka e Kobbi, bons meninos, que me ajudavam também na plantação de grãos e de raízes para o nosso sustento.

Aos poucos, retomei a alegria de viver e tudo seguia bem, até que os tuaregues descobriram que havia ouro em nossas terras. Então, fomos brutalmente atacados, tive minha dignidade destroçada e o coração partido ao ver meus filhos mais velhos serem covardemente mortos enquanto tentavam me salvar da violência dos salteadores. Mas Kobbi, o mais novo, que estava no quintal no momento da invasão, escondeu-se embaixo de um monte de palha de milho, não foi visto e escapou ileso.

Foi triste o meu destino. Além de saquearem tudo o que puderam, os piratas me sequestraram para ser vendida como escrava. Entretanto, ao constatarem que eu cozinhava bem e tinha conhecimentos de plantas curativas, podendo ser de grande valia ao grupo, desistiram de me vender. Fui obrigada a fazer parte da caravana deles, cozinhando, carregando água e cuidando dos camelos em muitas viagens por vários anos. Passei o resto de minha vida trabalhando duro para os tuaregues, até chegar à velhice. Quando eu não tinha mais energia para ser tão produtiva, sem dar conta dos trabalhos forçados, fui deixada para trás, para morrer de fome e de sede no deserto.

Exposta ao sol, cruelmente entregue à solidão, à fome e à sede, vencida pelo cansaço, me ajoelhei e clamei por justiça a Olorum, o orixá supremo, criador de todas as coisas que existem no mundo.

Quase desacordada, implorei pela morte imediata para não sofrer mais. Com muita fé em estar sendo ouvida, fiz ainda mais três pedidos a Olorum: que me fosse dada a permissão de voltar à vida com a juventude que tinha antes, reencontrar meu filho mais novo e reconquistar minhas terras. Em troca, prometi socorrer os famintos, oferecendo comida e água sempre que precisassem de ajuda.

Olorum escutou a minha súplica desesperada, se compadeceu de meu sofrimento e me conferiu uma morte tranquila, sem dor. Imediatamente, ele evocou um dos seus filhos, Xangô, orixá da justiça, e ordenou:

— Por ter sido esta mulher correta e justa, leve seu corpo a uma pedreira e que a vida lhe seja devolvida.

Xangô cumpriu as ordens de Olorum e levou o meu corpo a uma pedreira distante, a mais alta de todas. Após um ritual, batendo repetidamente na rocha com seu potente machado, fez reviver o meu coração.

Olorum convocou também Yewá, e com voz macia, conferiu uma missão à orixá do mimetismo e camuflagem:

— Vá ao encontro de Xangô. Que a mulher que está com ele tenha a juventude necessária para lutar, e que ela receba um novo dom.

Yewá atendeu às ordens de Olorum e me fez renascer com a idade que tinha quando fui levada pelos nômades. Ao despertar, fiquei encantada com a beleza da orixá, e dela recebi comida e água, uma capa para proteção do frio e das tempestades no deserto, e ainda um camelo encantado que se tornou meu fiel companheiro. Antes de partir, Yewá revelou que havia me concedido o dom de alternar minha aparência entre jovem e velha sempre que fosse necessário, bastando para isso que eu estivesse com minha fé inabalável e fizesse um rápido giro em torno de mim mesma. Com as forças revigoradas, curvei-me agradecida diante dos orixás, montei o camelo e parti rapidamente.

No retorno à minha cidade, acontecia uma guerra entre os nômades invasores e os nativos. Quando tentava passar ao largo da batalha, encontrei um tuaregue muito ferido e gemendo, com sede. Mesmo reconhecendo nele o inimigo, tirei de dentro da capa pão e água para fortalecê-lo e lhe dei de comer e beber, como havia prometido a Olorum. Era noite e, no escuro, não pude ver o homem nitidamente, mas senti por ele uma imensa piedade. O tuaregue aceitou a ajuda da jovem mulher que lhe amparou, ergue-se e voltou para a batalha.

Escondendo-me nas sombras, continuei no caminho. Quando cheguei diante da minha antiga morada, uma chuva torrencial começou a cair. No interior da casa, seis homens comiam e bebiam vinho fartamente, além de exibirem as pepitas de ouro que haviam se multiplicado desde os anos em que a propriedade fora tomada. Assumi a forma de mulher velha e coloquei a capa longa com capuz, com o qual protegi o rosto, deixando à vista apenas os olhos e meus cabelos brancos. Escondi o camelo, me enchi de coragem, chamei os homens no portão e pedi abrigo por uma noite. Um deles ficou com pena de mim, uma velha senhora na chuva, com fome e sede, e permitiu que eu entrasse. O homem me acomodou em um pequeno quarto nos fundos e disse secamente:

— Pode ficar aqui até que a chuva passe. Mas amanhã, siga seu caminho.

O tuaregue falava baixo, como se não quisesse ser ouvido pelos companheiros. Ele saiu, porém logo voltou com um prato de comida, água e roupas secas. Sozinha, através de uma pequena janela, contemplei com tristeza as terras que um dia haviam sido minhas e de meus filhos, agora áridas e arrasadas pela exploração desmedida dos forasteiros na busca do ouro. Apesar da algazarra que os homens faziam na casa, entorpecidos pela bebida, consegui dormir por um tempo.

No dia seguinte, o primeiro raio de sol me despertou. Sem demora, recobri-me com a capa e resolvi sair. Depois da noite de comilança e bebida à vontade, os homens haviam adormecido pesadamente, esparramados pelo chão do salão principal da casa. Pé ante pé, passei por cada um e contei cinco. Ao chegar na varanda, vi o sexto homem a uma boa distância, trabalhando no plantio de sementes. Com um estalar de dedos, fiz o camelo reaparecer, assumi a forma jovem e montei o animal, disposta a ir embora antes que pudesse ser vista, para voltar mais tarde com um plano de retomada de tudo o que era meu. Entretanto, no instante em que peguei a direção da estrada, uma brisa começou a soprar e ouvi baixinho, ao pé do ouvido, a voz de Yewá me dizendo:

— Olhe para trás, mulher. Lá está o seu filho mais novo, trabalhando em suas terras. Ele se fingiu de tuaregue, aprendeu a língua deles e se juntou aos nômades invasores para sobreviver. Os enganou por anos, sem jamais ter sido traidor porque, mesmo ferido nas batalhas, não matou nenhum compatriota. Nunca esqueceu sua mãe, e viveu com a esperança de reencontrá-la.

Então, ainda impactada pela revelação, investi-me de fé e girei, me tornando velha mais uma vez. Retornei, andando suavemente pelo terreno, me aproximei de Kobbi, me apresentei como sua mãe e revelei o poder que me havia sido conferido por Olorum, Xangô e Yewá. Chorando, ele me reconheceu pelos laços de sangue e do coração, nos abraçamos emocionados e combinamos a retirada dos homens de nossa casa enquanto ainda estavam grogues e adormecidos.

Cuidadosamente, amarramos as mãos dos cinco tuaregues, tomamos suas armas e os acordamos com gritos horrendos. Ao mesmo tempo, armada de uma espada, eu ia girando diante deles, alternando minha imagem entre jovem e velha enquanto os expulsava. Aterrorizados, sem olhar para trás, surpreendidos por aquela inexplicável mutação, os invasores correram para longe e jamais retornaram àquele lugar. Com meu filho Kobbi, recuperei as terras e o que havia restado do ouro. Dali por diante, sempre que inimigos ousavam nos atacar, eu recorria ao meu poder de transformação, assustando os invasores, que fugiam com medo. Aos que vinham em paz, eu sempre acolhia, oferecendo água, comida e repouso. E assim tem sido, ao longo de muitos e muitos anos.

Irmãs

Era noite de quinta-feira, e eu estava atrapalhada fazendo o jantar, ao mesmo tempo atenta ao relógio e ao fogo, onde cozinhava arroz, carne seca e aipim. Na sala, enquanto colocava a mesa, senti com prazer o aroma doce do aipim que inundava o nosso pequeno apartamento. Num relance de canto de olho, pela porta entreaberta da cozinha, julguei ter visto alguém junto ao fogão. Com o coração disparado, abri totalmente a porta e minha mãe estava ali, levantando a tampa de uma das panelas e sorrindo para mim. Foi rápido, como a passagem de um vento leve, que me deixou a saudade e uma lágrima derramada pelo rosto.

O barulho da chave de Suzana, minha irmã mais nova, girando na porta de entrada me fez sair do torpor. Com passos pesados, carregando a exaustão de um dia de trabalho duro, ela seguiu para o quarto. Suzana agora era a única pessoa que eu tinha, e o amor por ela me inclinava a protegê-la, como eu fazia na infância, quando nossa mãe trabalhava em tempo integral num restaurante do Centro. Enquanto jantávamos, contei que minha patroa havia se atrasado na volta do escritório e que por isso eu chegara em casa já de noite.

Afinal, eu não ia deixar o menino dela sozinho, não é? Suzana afagou minha mão, depois puxou uma cadeira e colocou os pés para o alto. Estavam tão inchados que era impossível ver os tornozelos. Numa queixa, ela disse que não pudera sentar o dia todo, que havia comido a marmita fria em pé no estoque e que a loja onde trabalhava tinha ficado lotada até que baixassem as portas.

Peguei a gelatina na geladeira e voltei para a sala pensando em contar à minha irmã sobre a visão. Queria que ela sentisse, assim como eu, que tínhamos proteção. Mas que nada... Suzana, de tão cansada, já estava longe dali, cochilando com a cabeça apoiada na mão. Peguei seu braço com cuidado e seguimos juntas numa caminhada trôpega até a cama. Eu a cobri com uma parte da manta, reservando o outro lado para mim.

Antes de deitar, lavei a louça e ajustei o relógio para as cinco da manhã, no romper da aurora, quando começaria tudo outra vez.

Ancoragem

Violeta acordou, quis abrir os olhos, mas não conseguiu. Tentou movê-los por baixo das pálpebras, e nada aconteceu. Pensou em movimentar outras partes, como os pés e as mãos, porém o corpo não atendia a seus comandos. Ela sentia que estava de costas, mas não tinha certeza sobre o que seria aquela realidade que começava a experimentar. Continuou tentando levantar as pálpebras, até que desistiu e deixou-se relaxar no escuro de si mesma. O cérebro estava atento aos outros sentidos e um gosto de sangue lhe veio à boca, algo que nunca havia acontecido, mas que ela sabia que era daquilo que se tratava.

Aos poucos, no mundo particular em que estava mergulhada, adentraram algumas vozes desconhecidas. Vinham de um outro ambiente, até que foram chegando mais perto, colocaram-se ao seu redor e começaram um diálogo. Pelas palavras criteriosas de uma mulher, teve notícias superficiais.

— Ela está bem, mas ainda inconsciente.

Num reflexo natural, Violeta quis levantar o braço para fazê-los ver que podia ouvi-los. Entretanto, a ordem ao cérebro não resultou em nenhum movimento sequer. Um homem, que pela voz meio cansada, parecia ser mais velho do que a mulher, deu a direção:

— É melhor virá-la de lado agora, antes que ela acorde e fique ansiosa com o que teremos de fazer.

Enquanto eles se movimentavam, novos ruídos foram entrando no ambiente. O barulho de uma torneira aberta despejando um jato forte de água corrente, um tilintar de peças de metal batendo umas nas outras e a voz aguda de um rapaz:

— O que devo fazer para ajudar?

— Mantenha tudo limpo e agrupado aqui ao nosso lado — respondeu a mulher.

"Algo grave aconteceu comigo", pensou Violeta.

Ela queria muito se lembrar do que acontecera depois de ter embarcado no trem a caminho do Centro no horário que sempre fazia para pegar Toninho, seu caçula, no treino de judô. Mas só lhe vinham perguntas: "Alguém foi buscar meu menino? Será que ele está bem?", angustiou-se. "Quem são essas pessoas e por que estão virando o meu corpo? Como é que eu vim parar aqui? Ninguém vê que estou tremendo de frio?"

Depois de uns segundos, entendeu que não teria respostas, já que não podia falar e tinha tudo trancado na mente.

— Esse é o sedativo mais forte que temos? — era o senhor quem questionava.

— O único. Acredito que será suficiente para o procedimento. — A mulher não passava nenhuma certeza, mas a entonação era de esperança.

Ao mesmo tempo em que se surpreendeu com uma picada na veia do braço direito, Violeta foi saindo daquele lugar e do seu próprio corpo. Estava tão leve que subiu flutuando até a altura do janelão, de onde pôde ver pelo vidro que uma chuva fina e persistente já tinha molhado toda a calçada por onde pessoas corriam, desviando-se das poças. Ela olhou para elas como se já as conhecesse. Teve o mesmo sentimento de humanidade tanto pelos homens de terno, quanto pelos mal-arrumados e de chinelos. Observou mulheres empurrando carrinhos de doces para vender pelas esquinas e outras que seguiam levando crianças de uniforme escolar pela mão, como também as jovens em grupo, rindo alto enquanto atravessavam o cruzamento no último minuto do sinal fechado. Todos caminhando sem pensar na possibilidade de terem suas vidas interrompidas, de uma hora para outra, por um motivo qualquer. Uma mulher de uns cinquenta anos que ultrapassou as moças, com uma bolsa grande a tiracolo, fez com que se lembrasse dela mesma, quando andava apressada, preocupada em justificar ao chefe os frequentes atrasos.

"Quem realmente está assistindo a essas imagens do cotidiano?", perguntava-se, porém num estado de calma, sem pressa de descobrir sua própria identidade, e à vontade na condição de observadora silente.

Então voltou o olhar para dentro da sala, alguns metros abaixo, e deparou-se com a cena reveladora: dois homens e uma mulher vestidos de macacões azuis com jalecos brancos por cima, toucas cobrindo a maior parte dos cabelos e de luvas, faziam uso de instrumentos cirúrgicos e tentavam estancar o sangue na altura do pulmão esquerdo de um corpo inerte de mulher.

"Não deixei nos vasilhames nem a comida e nem a água do poodle. Coitado do Juba", pensou Violeta, enquanto descia no espaço lentamente, ainda se mantendo acima de todos.

Rodeou a sala e parou num ponto de onde pôde ver o rosto da mulher deitada sobre a maca. Era ela. Quase não se reconheceu naquele corpo pálido de onde parecia ter fugido o tom negro que tanto amava. Passou a olhar para ela mesma com um distanciamento que a cada instante se tornava mais concreto, sem sentir pena, e compreendendo que não poderia intervir de forma alguma naquela situação. Nada parecia lhe pertencer no ambiente, nem mesmo aquele corpo. Teve vontade de partir. Estava gostando do torpor, da inconsciência que a desprendia de qualquer que fosse a obrigação de manter-se ali.

Estava de novo no escuro, quando começou a ouvir o canto sussurrado de sua avó Benícia, à Nanã, e a voz de seu avô João em oração. Como se tivesse aberto os olhos, viu o casal na sala. Ela, com um vestido elegante cor-de-rosa e um colar de pérolas, cantava baixinho com as mãos postas ao lado da médica. E ele, com um terno branco e lenço de cetim azul na lapela, mantinha as duas mãos erguidas sobre a cabeça do médico, rezando para que o anjo da guarda daquele mais velho permanecesse ali, guiando seus procedimentos. Não demorou muito e todos ouviram o barulho de algo quicando numa pequena bacia de alumínio.

— A bala está fora. Vocês conseguiram! — era a voz aguda do enfermeiro, que debutava no setor de emergência do hospital público, acompanhando a sua primeira cirurgia de verdade.

No corredor, Diogo, o marido de Violeta, esperava com muita ansiedade. Desde que fora avisado pelo hospital sobre a entrada da esposa, havia movimentado amigos e parentes para cobrirem a ausência dela no que deixara de fazer; e largara-se por horas num banco desconfortável, ora rezando, ora chorando, ávido por notícias da esposa a quem sempre tinha amado. A porta do centro cirúrgico se abriu e a mulher da equipe saiu retirando a touca e deixando à vista os cabelos curtos, em parte grisalhos.

— E então, doutora?

— Está fora de perigo e clinicamente estável. Agora só depende dela reagir.

— Quanto tempo vai levar? — o marido perguntou, mesmo temeroso da resposta. Esta foi dada com cautela pelo médico que vinha logo atrás:

— Isso ninguém pode dizer com certeza. Vamos acreditar que ela estará bem em algumas horas.

Violeta percebeu que estava sendo deslocada para outro local, onde trocaram sua roupa, a acomodaram com um cobertor e a mantiveram ligada a alguns aparelhos. Num canto do recinto, numa espécie de realidade ampliada, ainda via os avós compenetrados, orando e pedindo a Deus e aos orixás que não lhe abandonassem. Mas, paradoxalmente, era ela quem queria se abandonar. Não sentia dor, e era confortável continuar longe. Pensou que, se seus avós ainda estavam ali, certamente, era para que ela não partisse daquela vida sozinha. Teve prazer em perceber o corpo se soltando de novo, e cada vez que respirava fundo, se aprofundava mais num espaço sem gravidade, sem cores, com os sons ao longe e as pálpebras pesadas, querendo descanso.

À distância, como se assistisse a um filme em posição aconchegante, lhe vinha a certeza de que havia feito tudo direitinho até ali, com seus 48 anos, uma filha de 23, na faculdade de engenharia, e um filho de oito, alegre, estudioso e cheio de vida. Os dois muito amados pelo pai, um cara esforçado demais, que sempre havia lutado ao seu lado e nunca tinha deixado de lhe apoiar e nem aos filhos. Já ela, havia estudado bastante, se formara e trabalhara durante anos na área de produção executiva em duas ou três firmas. Gostava do que fazia, e cumpria muito bem suas responsabilidades. Não tinha nada a lamentar. De onde vinha então aquele cansaço da vida? Será que estava tudo bem demais, a ponto de ela ter se estratificado num círculo perfeito? E a crença de que haveria algo mais num outro plano, uma nova missão além daquela existência?

Mais uma vez, enquanto ela se sentia como se estivesse presa a um cabo nas mãos de um ser superior que, ao seu bel-prazer, poderia jogá-la nos confins do universo, ou puxá-la para o chão, o ranger de uma porta se abrindo atiçou sua percepção para os bipes e outros sons de aparelhos e de pessoas se movimentando. Foi feita a aferição da pressão, medida a temperatura e, em seguida, Violeta ouviu o pedido da médica para que um deles tomasse nota num formulário:

— A paciente continua estável. O resultado dos exames revelou que tanto ela quanto a criança estão muito bem.

A voz da mulher que lhe acompanhava durante todo aquele processo, quando lançou no ar a última frase, fez com que seu corpo e sua alma se encontrassem de novo. Foi como o estanque que acontece quando se ancora um navio no porto. O seu cérebro, que agora retomava o comando da situação, acionou a memória e, em flashes, as lembranças vieram lhe atravessando a mente: a entrada no trem, o som dos tiros, o vidro da janela se quebrando, a quentura nas costas e o corpo desabando no chão frio do vagão.

Violeta foi entendendo tudo enquanto abria os olhos devagar. Conseguiu mover um dos braços e guiou a mão na direção do ventre, onde a pousou amorosamente, como um pássaro que protege o ninho com seu corpo. Lançou olhares por todo o quarto, procurando pelos avós, e ainda conseguiu perceber aquela presença por alguns instantes, antes que eles partissem, deixando no ar as bençãos sobre as duas preciosas vidas de sua corrente familiar. Violeta respirou fundo, sorriu mansamente aos que zelaram por ela e decidiu manter-se de olhos bem abertos, acolhendo com sentimento de gratidão a sua existência nesse plano.

Intervenção Sirius

Pouco antes do cair da noite, numa aldeia no interior da África Ocidental, Ayo corria ofegante, levantando em uma das mãos a barra de seu traje e afundando os pés na areia vermelha. Logo atrás vinha Isam, que a alcançou em poucos minutos, e os dois caíram no chão às gargalhadas, rolando com os corpos grudados um ao outro. Ficaram um pouco assim, sentindo o pulsar dos corações, depois levantaram e seguiram a caminho da margem do rio abraçados. Na gramínea de uma pequena área rodeada de árvores baixas, Isam deitou com a cabeça no colo de Ayo, sentindo o frescor do vento em seu rosto.

— Você ouve o que diz o vento, Ayo?

— Parece um sussurro, Isam. Uma voz que vem de longe, quem sabe de antes das guerras, quando éramos um povo só...

— Meus avós diziam que, no início, mesmo divididos, vivíamos bem e em paz — Isam falava como quem sonha.

— Espera... escuta de novo. Que som bonito, parece uma canção para o nosso amor.

Ela se virou para ele e lhe acariciou a ponta da orelha, lugar em que Isam tinha grande sensibilidade, e ele reagiu com uma gargalhada. Ayo colocou a mão em concha sobre sua boca, abafando a risada.

— Cuidado, podem estar nos escutando…

— Ninguém vai nos descobrir. A noite está vindo, e ela nos protege.

— E se acontecer?

— Se acontecer, faremos o que combinamos. Nunca vamos nos separar.

— Veja só, Isam. — Ayo apontou para o céu. — Aquela estrela pequena está se movendo na direção da que está perto dela, a maior e mais brilhante…

— É igualzinho ao que o amor faz comigo. Eu não sabia que podia ser tão grande... — Isam voltou o olhar para o rosto de Ayo, tomado por um sentimento profundo.

— O meu amor também é enorme, Isam! Maior do que a distância de todas essas estrelas.

De repente, eles ouviram um farfalhar de passos por dentro das árvores. Imediatamente, o medo os colocou em alerta, os dois ficaram de pé, deram as mãos e se preparam para saírem em fuga. O barulho cresceu e, a poucos metros, eles avistaram dois muçulmanos vindo a passos rápidos na sua direção. O casal correu, margeando o rio com os perseguidores se aproximando cada vez mais, até que Isam e Ayo estancaram, com lágrimas correndo sobre seus rostos, sinalizaram um para o outro positivamente com a cabeça e se jogaram na água. Seus corpos desceram direto para o fundo como duas pedras. Ainda conscientes, ouviram os gritos dos homens.

— Traidores, miseráveis, não terão perdão. Malditos!

Aos poucos, os sons desapareceram, tudo virou água e os sentidos foram se apagando. Porém, com um sopro de vida, eles sentiram algo liso enlaçando suas pernas e os puxando para cima, até que desfaleceram.

Não se sabe quanto tempo depois, Ayo e Isam acordaram sobre colchões macios, vestidos com roupas de um tecido delicado como seda, numa sala pequena, com iluminação discreta e uma música suave que os colocava numa frequência relaxante. Isam se sentou e tentou erguer o corpo, mas era como se o chão estivesse longe de seus pés.

— Você está bem, Ayo? Melhor continuarmos deitados, vamos esperar um pouco.

— E essas roupas? Que lugar será esse? — disse Ayo, ainda sonolenta.

Numa das paredes, que parecia compacta, abriu-se uma fenda, e de dentro de uma luz âmbar, saíram dois indivíduos de uma aparência que eles nunca tinham visto. Sua pele furta-cor tinha um efeito platinado de brilho intenso. A parte superior de seus corpos era como a dos humanos, mas da cintura para baixo eram como peixes. Quando andavam, além da cauda bifurcada, ejetavam para o solo mais duas barbatanas a cada lado, formando o quadripé que os mantinha equilibrados. As cabeças eram lisas e translúcidas, de modo que era visível um ponto de luz que brilhava, alternando maior ou menor intensidade no centro da testa. As criaturas não chegavam a assustar o casal. Ao contrário, Ayo e Isam se sentiam acolhidos e fora de perigo, mesmo quando os seres se aproximaram e tocaram suas testas, dando início a uma comunicação telepática.

— Nos chamamos Arina e Kell, somos nommos, uma espécie que habita a estrela Sirius. Esta nave está nos levando para casa.

— Por que estamos indo com vocês? — perguntou Isam.

— Permaneçam tranquilos. Receberão água, cereais e frutas.

Pela mesma fenda que haviam chegado, Arina e Kell se retiraram. Ayo e Isam não sabiam o que pensar, mas, no fundo, sentiam-se seguros.

Enquanto isso, num país do interior da África Ocidental, Rassam e Baltar, as autoridades máximas das aldeias dos Homens Altos e Terra Vermelha, davam início a mais uma batalha. Muita gente estava morrendo dos dois lados, e agora, o desaparecimento do casal era mais um pretexto para o enfrentamento. Havia sido descoberta a paixão secreta entre Ayo, uma jovem de família de camponeses de um clã tradicional da aldeia Terra Vermelha, e Isam, filho do chefe dos Homens Altos, um nobre criado para assumir o lugar do pai.

A aproximação desses apaixonados abalava fortemente os dois lados, que se opunham com diferenças fundamentais. Os de Terra Vermelha se mantinham resistentes às tentativas dos Homens Altos de lhes impor uma religião de um só Deus. Esses últimos queriam tomar as terras férteis da aldeia inimiga, além de destituir as mulheres, protetoras da natureza, do topo da hierarquia de suas famílias.

Na nave dos nommos, enquanto Isam e Ayo descansavam, ainda enebriados pela abrupta mudança de atmosfera, o comandante mais velho enviava mensagens aos tripulantes reunidos num grande salão:

— Depois de um longo tempo de espera, eles estão conosco.

O grupo ouviu o anúncio com entusiasmo.

Uma liderança que acompanhava o ancião, cujos olhos bem amendoados a caracterizavam como fêmea, deu segmento às decisões:

— Arina e Kell, vocês serão seus instrutores, nada deverá faltar aos dois. Assim que eles despertarem, façam a revelação.

Os nommos escolhidos para acompanhar Ayo e Isam eram jovens e estavam felizes com a missão recebida. Seguiram para uma sala reservada com janelas panorâmicas por onde via-se o movimento contínuo dos astros cruzando a massa escura do espaço. E em grandes telões eram exibidas imagens da Terra. Na região de onde vinha o casal que seguia com eles, testemunharam com tristeza um novo confronto entre os habitantes. Eles sabiam que precisavam agir rapidamente, então voltaram ao quarto de Ayo e Isam.

Foi Arina quem iniciou a conversa telepática:

— A partir de agora, vocês poderão ficar de pé e circular pela nave.

— Queremos saber mais sobre o que viemos fazer aqui — respondeu Isam.

— O que temos a revelar é que Ayo carrega em seu útero uma menina.

— Então... o que eu venho sentindo é verdadeiro, ela está mesmo comigo?!

Era o pensamento de Ayo, que olhou emocionada para os nommos e para Isam, que também podia ouvir o seu pensamento e estava feliz.

— Depois que ela nascer, vocês terão que continuar conosco em Sirius por um bom tempo.

Com os olhos marejados, Ayo tentou manter-se o mais concentrada possível enquanto enviava outra mensagem.

— Vocês nos salvaram e agradecemos por isso, mas queremos ter a criança no nosso planeta.

— Os três serão devolvidos à Terra daqui a seis anos. É o tempo necessário para que a programação que está feita na bebê se cristalize.

— Alguma coisa com minha filha? Eu não senti nada ...

— As ondas estão sendo emitidas a ela desde o nosso primeiro contato nas águas do rio. O processo continuará durante o tempo em que estiverem aqui.

— Mas o que vai acontecer com a bebê?

— Ela é igual a vocês e aos de sua espécie, mas carrega um dom especial.

— Diga o que é, por favor...

— Ela já comanda a autocura, porém, depois de toda a etapa de assimilação energética, poderá curar outra pessoa.

Isam quis saber por que eles tinham sido escolhidos para aquela experiência milagrosa. Kell colocou-se à frente deles e os levou num percurso pela nave até chegarem aos aposentos de Mione, o grande sábio dos nommos. Ele lhes fez uma pequena reverência e todos retribuíram inclinando-se para baixo.

— Levantem o corpo, porque vocês foram trazidos a mim para que conheçam a verdade.

Aquele ser tão respeitado, com barba grisalha que passava da cintura, falava primeiro numa língua que Ayo e Isam não conheciam, mas, em seguida, numa espécie de tradução simultânea, era tudo automaticamente repetido por sua própria voz em bambara, uma língua africana que o casal entendia. Sua parte peixe brilhava em tons de dourado e azul. Mione fechou os olhos por uns instantes e depois se dirigiu aos estrangeiros.

— Sei que estão ansiosos e confusos. Cheguem mais perto e vejam comigo.

Ao se aproximarem, Isam e Ayo puderam ver ao seu lado uma enorme estrela de seis pontas, de um metal translúcido que nunca tinham visto, com uma bacia cheia d'água no centro. O sábio passou uma das mãos sobre o recipiente e imediatamente surgiram na água as imagens das florestas, rios e montanhas de uma vasta região da África Ocidental. Depois, como se acionasse vários comandos de zoom, ele os fez verem de perto as batalhas entre suas aldeias, com mortos e feridos de ambos os lados. Chocado, Isam ergueu sua voz:

— Meu pai ultrapassou todos os limites. É tudo violência e dor!

Diante das habitações incendiadas, corpos de mulheres, crianças e pessoas de todas as idades inertes no chão, Ayo chorava baixinho, acariciando a barriga como se estivesse protegendo sua bebê. Mione silenciou por alguns minutos em sinal de respeito e depois voltou a falar:

— Há milênios, os nommos observam a Terra, e os habitantes de todos os continentes do seu planeta também contemplam Sirius desde o início da humanidade. Na Terra, antigas civilizações ergueram templos em posições estratégicas para a observação de nosso brilho, que é mesmo um grande espetáculo no céu. Estamos estreitamente ligados pelo grande poder da criação. Vocês, no Continente Africano, desde séculos antes da Era Comum, foram os primeiros a perceber nossa irmandade, construíram observatórios e descobriram nossa estrela menor. De meio em meio século, ela completa sua órbita poderosa ao nosso redor.

Ayo, ainda chocada, falou tristemente:

— Senhor, me desculpe, mas parece que isso não faz com que o povo no meu planeta enxergue o caminho da paz. É só olhar o que está no seu espelho d'água …

— A energia de guerra gera um efeito radioativo que ameaça o equilíbrio celeste. Há tempos fazemos intervenções, e não só no seu planeta, mas também em outros, onde o ódio é crescente. É algo desafiador, porém estamos conseguindo. A chegada da criança nos foi revelada para que pudéssemos agir através dela.

— Mas nós não temos nada, não temos exércitos — ponderou Ayo.

— Com armas e exércitos, nada mudará. Daqui a seis anos, quando se completa a órbita da estrela menor, a menina estará potencializada, capaz de curar o avô apenas mirando nos seus olhos. Ele carrega a herança espiritual de muitas gerações, e ela o fará lembrar disso.

— Ele não precisa de cura — retrucou Isam, revoltado com o mal que o pai lançava sobre seus semelhantes. — O que pertence ao povo de Terra Vermelha tem que ser respeitado.

— Rassam tem uma doença grave, mas esconde de todos — revelou Mione, com preocupação. — E é dele a missão ancestral de fazer reinar a paz entre seus povos.

— O senhor quer dizer que a menina … — Ayo não terminou a frase.

— Quando ela fizer seis anos, o ciclo de energia pura de Sirius estará concluído. Sua força curativa será poderosa. Mas vocês terão que vencer barreiras para que ela chegue até Rassam.

Impactados com tudo o que viram e ouviram, Ayo e Isam entenderam que nada poderiam fazer, a não ser aceitar aquele destino.

Os anos foram passando e o casal se adaptou à vida em Sirius. Nada lhes faltava e sua felicidade era acompanhar o crescimento da filha, a quem deram o nome de Kieza. Com os olhos de Isam e o miolo do rosto de Ayo, a menina tinha uma personalidade alegre, mas era capaz de ficar quieta por horas, vasculhando o céu com todo o tipo de equipamento, como lunetas, telescópios e binóculos. Ela aprendeu com Mione que o trajeto de qualquer que fosse o corpo celeste tinha o objetivo maior de completar e manter funcionando um sistema vital. Do mestre espiritual, recebia as instruções sobre o que deveria fazer ao chegar à Terra e encontrar Rassam, seu avô rebelde e contaminado pelo desejo de poder.

No dia da partida, Kieza e os pais viajaram na companhia de Arina e Kell. No momento da despedida dos companheiros, o casal e a filha viram no terceiro olho de cada um dos jovens nommos o brilho mais forte, sinalizando a grande emoção que estavam sentindo. Vestida com batas compridas e tecidos leves protegendo suas cabeças, e levando bolsas atadas ao corpo com água, sementes, frutas secas e pães, a família atravessou cautelosamente a grande faixa de areia vermelha. Os três encontraram abrigo na moradia de camponeses para passar a noite. No dia seguinte, chegaram a um centro mais habitado, onde as casas se aglomeravam em círculos. Isam e Ayo foram reconhecidos pelos parentes da moça, que muito a procuraram quando havia desaparecido seis anos antes. Ayo e a filha foram abraçadas, mas Isam não estava sendo bem recebido.

— Isam é o homem que eu amo, é o pai da minha filha. Ele não quer a guerra.

Apesar de sinceras, as palavras de Ayo não convenceram um grupo de aldeões revoltados de Terra Vermelha, que se lançou sobre

Isam para prendê-lo. Eles o mantiveram trancado num bangalô, afastado de sua família. Kieza, embora pequena, entrou no centro da confusão que se criou e soltou sua voz num tom firme e, ao mesmo tempo, com uma doçura infantil persuasiva:

— Não façam mal ao meu pai. Vou com minha mãe até meu avô. Logo voltaremos.

De imediato, um dos homens se ofereceu para escoltar mãe e filha até as proximidades do acampamento onde Rassam e seus homens esperavam para atacar a qualquer momento. Os três permaneceram em silêncio, escondidos entre arbustos, observando a cabana onde o grande comandante descansava. Enquanto Rassam se levantava para saciar a sede com a água de uma moringa, seu corpo parecia um fardo que arrastava com dificuldade. O que lhe acometia era uma doença nos ossos. Durante o dia, ele conseguia manter-se de pé, à base da ingestão de uma mistura de ervas maceradas que uma benzedeira transformava em xarope. Ele mantinha a mulher sequestrada e a levava para as batalhas, para garantir que não lhe faltasse o remédio.

Quando viu Rassam se erguendo, amedrontado, o homem que estava com a mãe e a menina fugiu nas sombras da noite. Numa pequena clareira, Ayo preparou um lugar para deitar e esperar pela manhã. Foi quando Kieza se levantou, e seu caminhar em direção à cabana era de outra natureza, pois parecia flutuar sobre a vegetação. Ayo quis se mexer, mas não conseguiu sair do lugar e apenas acompanhou o movimento da filha se distanciando.

Ao aproximar-se da cabana entreaberta, Kieza foi ladeada por dois homens armados que, inutilmente, tentaram tocá-la. Em seu entorno, um campo energético a mantinha protegida e bloqueava o contato de pessoas que lhe quisessem fazer algum mal. Assim que adentrou a lona, Rassam, num reflexo, pegou sua adaga e virou-se para encarar quem estava ali. Ao mirar os olhos da menina, o que ele viu foi o olhar de seu filho Isam.

O tempo parou para o homem e ele entrou numa viagem onde todas as sensações verdadeiras de encantamento, bondade, amor e emoção que havia vivido no passado, junto da esposa e seu filho, afloraram. Kieza sustentava seus olhos direto nos do avô, e Rassam sentiu o corpo se erguer fortalecido enquanto a arma caía de sua mão.

— Sou Kieza, filha de Isam e de Ayo.

— Não sei como, mas … não sinto dor. O que você fez?

— Nada. O porquê da sua cura é o que importa.

— Tem uma coisa muito grande me dominando, eu …

— Isso é amor.

— Como chegou até aqui, criança?

— Vim dizer que a cura e o bem que estão agora com você só permanecerão se você abrir o caminho para a paz.

Ao ouvir o que Kieza acabara de dizer, Rassam começou a rir, e não tinha mais o controle de nada.

— Menina, você está dizendo que eu posso consertar toda essa matança, essa loucura que acontece há tanto tempo entre nossos povos? Eu não saberia como fazer isso...

— Apenas me siga, e acredite.

Então, dominado por um poder inexplicável que lhe pôs a andar, o homem truculento seguiu a menina sem olhar para trás. Ayo os acompanhava a uma certa distância, e enquanto Kieza abria caminho no matagal, Sirius reluzia no céu de forma pulsante, iluminando seus passos. Tudo era encantamento por onde passavam.

Quando chegaram à aldeia dos Terra Vermelha, os aldeões pegaram logo suas armas, mas não conseguiram mantê-las nas mãos, pois os ferros e metais eram atraídos para o chão como se estivessem sendo puxados por ímãs. Kieza seguiu até o bangalô onde estava Isam e o abriu com o leve toque de sua mão. Isam avistou o pai, os dois se aproximaram e choraram sem se tocar, mantidos frente a frente pela energia que emanava dos olhos da menina. Ao mesmo tempo, Ayo reconhecia o homem forte que acabava de chegar dos montes onde erguera barricadas para a defesa de seu povo: era Baltar, que, ainda incrédulo, correu para abraçar a filha em meio às lágrimas.

Depois dessa noite, tudo mudou. E, enfim, veio a época da compreensão, com Rassam ouvindo as ponderações de Isam e as propostas de Baltar sobre a convivência entre as aldeias.

Numa manhã, em sua morada luxuosa, onde vivera momentos bons, recebendo o carinho do filho, de Ayo e de Kieza, Rassam não acordou mais. Era o começo de um dia em que todos se preparavam para a festa anual dos Terra Vermelha. Os Homens Altos também iriam se reunir no local sagrado, onde estavam desenhados no chão os mapas das constelações e do ciclo das estações do ano. Começava um tempo novo, em que os habitantes das duas aldeias se revezavam em seus telescópios, lunetas e binóculos, hipnotizados pela beleza de milhões de astros no céu.

Anos-luz adiante, com a chegada da noite em Sirius, o velho Mione, depois da satisfação de ver na água os povos em harmonia, recolhia as barbatanas sobressalentes e esticava o corpo híbrido para usufruir do descanso em seus aposentos, aconchegado na maior e mais brilhante estrela.

Expansão

O dia estava começando, e um raio de sol furava a bruma densa da manhã daquela nova jornada de trabalho para Micael. Com o miniaéreo no modo planador, ele descia suavemente na direção de uma das vagas no estacionamento da fábrica de equipamentos digitais avançados, onde trabalhava como segurança. Assim que entrou na recepção, ouviu um clique de maçaneta sendo fechada com cuidado. Estranhou e resolveu checar todas as portas do longo corredor para verificar se estavam fechadas. A penúltima delas se abriu, e ele percebeu um leve ruído no fundo da sala, atrás de umas caixas de peças de reposição.

— Quem está aí?

Não ouviu nenhuma resposta. Desconfiado, manteve a mão no cabo da arma que tinha na cintura enquanto olhava entre as estantes que guardavam computadores e uma variedade de dispositivos. A cada passo, Micael parecia estar mais perto de alguém que respirava de forma ofegante.

— Seja quem for, apareça. Se você não me atacar, eu também não vou te fazer mal.

Então, o som da respiração ficou mais forte em suas costas. Virou-se com a arma em punho e deparou-se com um homem negro, com as roupas um pouco sujas, o cabelo molhado e um semblante muito assustado.

— Quem é você? O que faz aqui?

— Sou Nizan. Estou me escondendo.

— Se escondendo por quê? E de quem?

— Pode abaixar a arma, por favor? Não vou fazer nada de errado, eu não tinha outro lugar para ficar. Estou aqui há dois dias. Hoje tive coragem de sair e tomei banho no lavatório dos fundos. O senhor chegou mais cedo, não é?

— Sim... Mas não podemos abrigar pessoas sem teto. Você vai embora e eu faço de conta que não te vi.

— Não posso sair. Estou sendo procurado por muita gente. Eles querem meu cérebro para estudo.

Micael concluiu que o homem, provavelmente, era mais um caso de "paranoia com risco letal", uma nova doença que passara a atingir muita gente a partir da virada do século XXI. Pessoas estavam se matando, e matando outras, diante da perspectiva do planeta entrar em colapso a qualquer hora, por falta de oxigênio, comida e água potável, e pelas altíssimas temperaturas.

— Hum... está certo. Aguarde aqui, que eu volto te trazendo algo para beber. Vou te ajudar.

Nizan concordou com a cabeça, mas, imediatamente, suas conexões cerebrais se aceleraram, identificando perigo e, ao mesmo tempo, traçando estratégias de sobrevivência. Ele sabia que Micael iria voltar com agentes para capturá-lo e lhe entregar às autoridades sanitárias. As mesmas das quais ele havia conseguido escapar na semana anterior. Enquanto não encontrasse alguém cem por cento confiável, não poderia contar o que lhe ocorrera 15 dias antes, quando andava pela areia da praia de um dos únicos balneários onde ainda era possível mergulhar no mar de corpo inteiro.

Ele não resistira ao magnetismo de um caramujo, com suas hipnóticas cores peroladas do rosa ao lilás, e o colocara no ouvido. Naquele instante, um elemento alienígena havia entrado em seu corpo de forma imperceptível através do canal auditivo. A partir dali, sua mente passara a funcionar de maneira surpreendente, ampliando suas percepções, abrindo canais telepáticos e lhe permitindo conhecer dimensões que jamais imaginaria alcançar.

Seus ouvidos captaram as vozes de Micael e de mais dois homens, vindas de um lugar distante da fábrica. Com toda a certeza, o segurança havia checado o banco de imagens de fugitivos e encontrara sua foto. Nizan sabia que Micael e os agentes estavam longe ainda, e era o tempo que teria para fugir. Saiu por uma pequena porta do final do corredor, que dava para um pátio com montes de sucatas, descartes de peças misturados com equipamentos de proteção individual usados em ambientes intoxicados. Encontrou ali um par de botas de borracha que pareciam do seu tamanho e as calçou com cuidado, temendo alguma contaminação. Com os pés protegidos, poderia andar rápido e até correr num terreno pedregoso ou enlameado.

Para sair, teria que pular o muro onde terminava o pátio, mas só o alcançaria se conseguisse desviar-se das máquinas sugadoras que estendiam suas pás, abocanhando toda a sucata. Se fosse apanhado por uma delas, seu destino seria as fornalhas, e se desintegraria como todo material recolhido. O elemento que havia se instalado no corpo de Nizan o estimulava a ir em frente.

— Atravesse correndo e depois pule. Você consegue!

— Preciso saber para onde ir...

— Basta seguir adiante.

— Quem é você e o que quer de mim?

— Fique vivo, e logo saberá...

Ao primeiro impulso, Nizan sentiu como se estivesse recebendo um forte jato de ar que o jogava em velocidade para frente. Quando deu por si, tinha ultrapassado a altura do muro e descia num ritmo lento e controlado até o chão. Apalpou o peito, as pernas e os braços, buscando se certificar de que estava mesmo em terra. Seu instinto de defesa indicava que era mais importante se adiantar do que ficar ali tentando entender os assombros que se manifestavam tanto em sua mente quanto no seu corpo físico.

Caminhando por uma vasta área inóspita, abandonada e distante da cidade, ele avistou uma cordilheira com montanhas cobertas de vegetação esturricada pelo sol escaldante. Seguiu naquela direção, olhando para todos os lados, sentindo-se ameaçado por tudo e todos. Nizan entendia por que tinha sido abandonado pelos pais e amigos dias atrás. Afinal, quem não acharia estranho se o visse fazendo perguntas ao interlocutor que carregava no corpo e, aparentemente, falando sozinho? Foi apontado como louco, e todos diziam que os sanitaristas queriam tratá-lo, mas ele sabia que aquilo era uma farsa e que estava correndo risco de morrer.

A cerca de um quilômetro da cordilheira, avistou um rio largo. Sua única chance de chegar às montanhas seria alcançando a outra margem. Ele decidiu pegar um atalho e, depois de poucos passos, encontrou uma gruta onde poderia descansar. Abrigado pelo teto baixo, e refrescado pela umidade que vinha das paredes da gruta, enquanto traçava uma estratégia para atravessar o rio, foi adormecendo.

Entre o estar dormindo e acordado, se viu no meio de aranhas, escorpiões e serpentes. Mas Nizan não temia esses animais, ao contrário, eles lhe enviavam vibrações positivas, de potência e crescimento espiritual. Percebia que as plantas forrageiras ao redor lhe entregavam suprimentos necessários para mantê-lo alimentado sem que precisasse tocá-las. A sede era saciada, bastando que fixasse o olhar nos fios de água escorrendo pelas pedras. Recostado numa rocha, ele não sentia a sua densidade, e parecia que entre seu corpo e o mineral existia uma fibra macia, que lhe proporcionava um conforto real. Quando voltou para a trilha principal, estava totalmente revigorado.

Enquanto caminhava, num lugar distante da memória, via flashes de sua vida na cidade, trabalhando como analista de sistemas numa empresa governamental. Depois do acontecimento na praia, ele já não se reconhecia, e sequer se lembrava de tudo o que havia feito naqueles últimos dias. A situação se agravara quando o flagraram no laboratório enviando coordenadas sobre o programa de desativação de usinas nucleares para um satélite aparentemente fora de uso. Os homens da segurança queriam saber como ele conseguia enviar a comunicação para o espaço usando apenas direcionamento mental.

Tinha sido preso e, na cela de um prédio militar, Nizan atingira um grau de concentração que lhe permitia acessar uma conversa entre sanitaristas e oficiais que estavam no comando. Assim, descobrira que o plano deles era retirar o seu cérebro e depois dispensar o corpo. Na primeira oportunidade, havia conseguido fugir da fortaleza, e fora do perímetro urbano, encontrara a fábrica onde poderia se esconder.

Agora estava naquela trilha, depois de tudo, entregue a uma forte emoção. Lágrimas quentes escorreram pelos dois lados de sua face ao pensar nos pais, e sentia como se estivessem num tempo longínquo. A cada passo, o cheiro e a umidade do rio invadiam as suas vias superiores, e era como se a água existente em seu próprio corpo começasse a se movimentar. Quando notou, estava de pé na margem do rio de águas turvas, sem ter certeza se deveria ou não pular.

— Vá para o outro lado — a voz interna ditou com firmeza.

— É uma distância grande até lá...

— Não é como lhe parece.

Nizan retirou as botas, respirou fundo, pegando o máximo possível de ar, e se lançou nas águas. Nadou um trecho e, de repente, enfraqueceu. Primeiro se desesperou, e quanto mais batia desordenadamente os pés e os braços, mais afundava.

— Se solte, confie!

Ele então relaxou, e sem jamais ter imaginado que um dia aquilo pudesse lhe acontecer, respirou normalmente embaixo d'água. Era uma sensação indescritível de liberdade. Como um peixe, rodopiou para todos os lados, virou e revirou o corpo em torno de si mesmo algumas vezes, sentindo-se na plenitude do seu ser, até que avistou o barranco da margem oposta e subiu para continuar o caminho. A temperatura era tão alta que seu corpo produzia rios de suor.

Sem hesitar, ele foi deixando para trás as calças compridas, a camisa e depois a cueca. Quando já estava próximo à base da cordilheira, ouviu o som discreto da aeronave oficial do governo planando sobre sua cabeça. De cima, veio a voz de uma máquina:

— Você está sendo monitorado. Pare e aguarde a nossa abordagem.

No mesmo instante, um dispositivo contendo hologramas foi lançado na sua direção. Nizan tomou nas mãos o aparelho e apertou o botão azul. Imediatamente, surgiram as imagens de seu pai e de sua mãe.

— Filho, por favor, não resista aos oficiais. Você não ficará preso — argumentou o pai.

— Nizan, querido, eles só querem cuidar de você... Não precisa ter medo.

O som da palavra "medo", dita por sua mãe através daquele artefato, produziu nele um efeito contrário ao que esperavam os sanitaristas. Nizan percebeu na voz que amava uma vibração de incerteza quanto ao que ela própria acabara de dizer, como se, na verdade, do seu coração estivesse vindo um alerta para que não confiasse em ninguém, nem mesmo nela. Ele jogou longe o dispositivo e viu a imagem do casal desaparecendo.

— Siga e olhe para frente, Nizan. — Ouviu do interlocutor interno.

"Olhe para a frente, olhe para a frente". A ordem se repetia, tomando todos os seus espaços sensoriais.

Subitamente, do veículo oficial, dois agentes desceram, deslizando por cabos, e se colocaram a uma certa distância. Numa fração de segundo, no vácuo entre ele e os homens, saindo de uma penumbra, um vulto se definiu: era um guerreiro africano, com vestes de couro e de pele de leopardo, que parecia ter atravessado séculos apenas para se apresentar naquele momento. Tudo parou e o homem negro, uma outra versão do próprio Nizan, falava numa língua desconhecida, apontando na direção das montanhas. O que o seu ancestral guerreiro mostrava era uma luz, erguendo-se como se fosse o nascer do sol. Num piscar de olhos, os agentes haviam desaparecido e o guerreiro também. Do seu íntimo, veio o alerta:

— Agora é você quem decide se vai ficar ou seguir.

Nizan examinou seu corpo nu e perguntou em voz baixa:

— Ficar como, se tudo em mim está se expandindo? Qual lugar eu ocuparia no mundo em que estou?

— Esteja pronto, então, para continuar crescendo.

— Os oficiais ainda podem me prender?

— Eles não te veem mais.

Ele fixou o olhar adiante e identificou uma grande nave camuflada no meio da claridade intensa. Seus olhos começavam a doer quando viu duas grandes bolhas transparentes com reflexos furta-cor saindo do objeto e vindo na sua direção. Uma delas o engoliu, e dentro da outra, apareceu um ser todo de luz. Era dele a voz que ouvia por tanto tempo, e que naquela instante lhe falava mais uma vez:

— Obrigado por ter me trazido de volta.

Na atmosfera acolhedora que o envolvia, enquanto se aproximava da rampa da grande nave, Nizan respirou aliviado, como há muito não conseguia. Feito o resgate, o veículo se iluminou por completo, atravessou a densa camada de nuvens escuras e ganhou o céu velozmente, brilhando entre os astros.

A outra face

O ano era 2158, e em meio a um imenso movimento na metrópole onde vivia, ela entrou na galeria onde haviam lhe indicado que encontraria a loja de modelos de face. O preço já incluía a colocação e ajustes necessários. Depois de feita a escolha, era só aguardar a chamada pelo aplicativo, e numa sessão que durava em média duas horas, já saía com o novo rosto. Aos 34 anos, a produtora de marketing digital estava insatisfeita com a sua aparência, e, de certa forma, depois de ficar por mais de dez anos trabalhando por horas em ambiente fechado, esperava, com a atitude, ter coragem também de dar uma virada no seu modo de vida, tornando-se menos tímida, aproveitando melhor os finais de semana e divertindo-se em passeios com amigos. Os depoimentos de clientes exibidos nos monitores da loja eram encorajadores.

— O resultado foi exatamente como eu esperava. O ajuste de tonalidade de pele é perfeito — dizia um senhor negro enquanto apareciam imagens do seu antes e depois.

— Tenho recebido elogios pela minha aparência feliz e cheia de energia. — Uma moça ruiva de uns 20 anos exaltava os resultados da mudança sem economizar nos sorrisos.

— Gostei dos olhos mais abertos, porque eu tinha um olho amendoado, que não caía bem no meu rosto. — O executivo de 42 anos virava de perfil para um lado e para o outro com um ar de muita satisfação.

Lorena levou um bom tempo analisando as opções de faces que lhe apresentaram, e acabou escolhendo um rosto um pouco mais triangular do que o seu, por acreditar que lhe daria um ar menos infantil do que o original bochechudinho, pois, afinal, ela estava às vésperas de completar 35 anos. Quando experimentou, seus olhos brilharam ao ver como o seu cabelo Black Power adornava o novo rosto lindamente. Os detalhes que a diferenciavam da fisionomia anterior eram pequenos, mas, para ela, significavam uma espécie de upgrade. As pálpebras estavam mais longas e os cílios maiores e mais curvos. O nariz era o mesmo, pois Lorena gostava do seu original arredondado. Os lábios estavam um pouquinho mais alongados nas laterais, e seu sorriso agora era aberto, refletindo uma alegria entusiasmante. Ficou faltando apenas a pigmentação avermelhada na pele negra, que lhe pertencia por herança da avó indígena, e o acréscimo foi feito em poucos minutos.

Ela mal pôde conter a alegria que sentiu ao se ver no espelho com a nova face. A casa de seus pais era a duas quadras do seu apartamento, e não quis esperar nem um dia para mostrar-lhes a novidade. Foi direto visitar a família e recebeu abraços calorosos dos pais e do irmão mais novo, com todo mundo achando excelente a sua escolha. Feliz, passou a andar na rua com a coluna ereta, os ombros alinhados, e teve a impressão de que tinha crescido uns centímetros de um dia para o outro. Comprou um novo kit de maquiagem e adotou um estilo mais elegante no trabalho, onde todos começaram a tratá-la com maior atenção.

Enfim, a moça estava realmente vivendo um momento único, e alguns fatos notáveis começaram a acontecer. Por exemplo, sem que menos esperasse, num dia útil como qualquer outro, o gerente do seu banco ligou e lhe deu a notícia de que ela tinha sido premiada num sorteio do seguro de vida e que uma bolada e tanto já estava depositada em sua conta. Na hora, ela quase não acreditou, porque já nem lembrava mais que seu seguro oferecia a possibilidade de prêmio.

Radiante com o crédito inesperado, Lorena renovou alguns eletrodomésticos e quitou um tratamento de saúde de sua mãe, que ainda o pagava com algum sacrifício. Em meio à maré de sorte, apenas um detalhe começava a lhe preocupar: fatos e pessoas estavam se apagando de sua memória. Ela sempre ouvia seus pais reclamarem que não conseguiam se lembrar de nomes de alguns conhecidos, ou até mesmo de artistas da TV, quando queriam se referir a eles numa conversa. Mas isso, por volta dos 60 anos, era relativamente comum. Falhas de memória aos 34 lhe pareciam precoces, e estavam acontecendo de forma acelerada.

Um dia, a caminho do trabalho, viu uma mulher vindo em sua direção, um rosto conhecido, só que não se lembrava de onde. Ao voltar para casa, entrou nos arquivos de seu computador e lá estava a mulher, numa foto na repartição onde já trabalhava há cinco anos, de braços dados com ela. Na descrição: *Eu e Julia, amiga de longas jornadas de trabalho.* Então, depois de uma vasculhada pela mente, lembrou-se de que Julia havia se mudado para outro país no ano anterior.

"Ela não ter me reconhecido, tudo bem, já que meu rosto não é mais igualzinho", pensou, "mas como não me lembrei dela na hora em que a vi, e mesmo depois de ter passado o dia todo tentando resgatar o seu nome?"

Apesar desses eventos estranhos que a deixavam inquieta, sua autoestima andava bem, e ela passou a aceitar convites de amigos para caminhadas ao ar livre, festas e chopinho depois do expediente, coisas que há tempos não fazia. Na saída de um desses happy hours, quando foi pagar a conta, viu que o seu saldo havia aumentado de novo. Não entendeu de onde poderia ter vindo aquele acréscimo, mas terminou a noite tentando não se preocupar e foi para a calçada com os amigos se despedir e chamar um táxi.

De repente, sentindo a força de um olhar fixo sobre ela, virou-se para o outro lado da rua e viu um homem com uma barba meio longa, roupas surradas e de chinelos, parecendo um pedinte. Ela ficou em dúvida se o conhecia ou não, mas lembrou-se de tê-lo visto pelo menos umas duas ou três vezes após a mudança de face, próximo a lugares em que ela estivera fazendo compras ou na saída de um cinema. Ao chegar no apartamento, pensou de novo no tal homem, porém substituiu logo a sua cisma pela ideia de que os espaços eram públicos e coincidências aconteciam.

No dia seguinte, logo pela manhã, ligou para o gerente.

— Olá! De ontem para hoje, verifiquei no aplicativo que o meu saldo aumentou, só que não entendi a origem de mais esse dinheiro ...

— Ah, sim, dona Lorena. O depósito é referente a uma aplicação que a senhora fez há muitos anos, lembra-se? Então! As ações da empresa decolaram no mercado e os acionistas, como a senhora, estão rindo de orelha a orelha. Coisa boa, não é?

Lorena agradeceu, mas desligou o telefone ainda achando o fato surpreendente.

Passados três dias, quando ela estava entrando num restaurante para almoçar no intervalo do trabalho, lá estava o homem barbado, sentado a uma das mesas, com o garçom lhe servindo um prato feito. Lorena reparou que dessa vez ele trajava roupas melhores, tinha um aspecto de bem cuidado e usava um calçado tipo tênis ao invés do chinelo. Ela evitou olhar na direção da mesa dele, mas, antes de sair, notando que ele também havia terminado de comer e estava se levantando, resolveu ir ao seu encontro.

— Boa tarde. Não sei se lhe incomodo, mas o senhor tem estado nos mesmos lugares por onde eu ando. Seria impressão minha ou estaria me seguindo por algum motivo? — perguntou com um meio sorriso no rosto, receosa em criar constrangimento.

— Seguindo? Imagine, claro que não. Mas eu lhe conheço de um tempo atrás. Acho que você não se lembra de mim — ele respondeu com a voz calma e pausada.

— Realmente, o seu rosto não é tão estranho, só não sei de onde o teria conhecido antes.

— Bem, poderíamos conversar...

— Em outro momento, quem sabe — disse ela, interrompendo a fala dele. — É que agora está na minha hora de ir, talvez possamos falar algum dia...

— Sim, claro. Não se surpreenda se me encontrar de novo por aí, eu costumo andar bastante pela cidade, mas, com certeza, não estou lhe seguindo.

— Ah, está certo então. Até logo, senhor...

— Otávio.

Lorena ficou um segundo em silêncio, sentindo a forte vibração que aquele nome havia lhe causado internamente, mesmo assim falou:

— Prazer, eu sou Lorena. Até outra hora.

Ele assentiu com a cabeça, mas ficou paralisado observando a saída daquela mulher e sua caminhada ao atravessar a rua e virar em seguida na primeira esquina.

Confusa, Lorena deixou o restaurante, e andou preocupada de volta ao local de trabalho. Será que o estranhamento ao ouvir aquele nome seria um alerta de sua intuição? Ele podia ter mentido ao dizer que a conhecia, como um pretexto para lhe fazer algum mal, invadir sua casa, elucubrou.

Embora um pouco chateada, resolveu que não se deixaria levar por maus pensamentos e acreditou que toda a confusão mental seria uma fase de ansiedade, quem sabe por excesso de trabalho.

Nos dias seguintes, sentiu-se mais relaxada, com sua vida ganhando novos contornos em que ela participava de conversas alegres na casa dos pais e entre amigos, e os passeios eram divertidos. Os esquecimentos ainda a incomodavam, até porque algo novo estava ocorrendo: enquanto iam desaparecendo nomes e acontecimentos de sua memória, outras imagens chegavam como se uma câmera subjetiva estivesse atuando dentro de sua mente. Às vezes, ela sentava em um banco de praça, fechava os olhos e via lugares que não conhecia e onde nunca estivera, como a ampla sala de um apartamento em frente ao mar.

Numa noite, antes de dormir, escovava os dentes no seu banheiro e viu por um segundo sua própria imagem dentro de um espelho de camarim emoldurado por lâmpadas. Esses flashes vinham como lembranças, e bastava que ela se concentrasse em deixar a mente livre de pensamentos que novas imagens se revelavam, como a visão de si mesma enrolada num roupão felpudo com os cabelos molhados e uma taça de champanhe na mão. Era ela, não como num sonho, porque se via enquanto estava acordada, com nitidez, mas em fração de segundo. Depois, tudo voltava ao normal.

O fato é que, por mais que estivesse empenhada em acreditar que aquilo passaria, Lorena estava ficando com receio até de dormir, porque, muitas vezes, experiências completamente avessas ao que acontecia em sua vida real surgiam em sonhos. Numa madrugada, acordou sobressaltada, vinda de um pesadelo em que estava no banco de trás de um carro de luxo e o motorista de repente desaparecera.

Ao amanhecer, acordou desejando acabar de uma vez por todas com aqueles transtornos mentais e decidiu começar um tratamento. Preparou-se para sair, tomou seu café e avisou à sua chefe que iria só à tarde porque precisava de uma consulta médica. Entrou num táxi, era véspera de Carnaval. O trânsito na cidade estava lento, com os veículos tendo que dar espaço a pequenos blocos de foliões. O sinal fechou, e o motorista mostrou irritação quando um grupo de mascarados rodeou o carro, impedindo a visão da rua tanto dele quanto da passageira.

Subitamente, Lorena entrou numa espécie de vácuo, com uma atmosfera nublada que pareceu ter durado um piscar de olhos. O dia havia virado noite, os mascarados sumiram e ela deparou-se com uma variedade de luzes e o burburinho nos bares na calçada.

O automóvel que ela ocupava agora era aquele luxuoso do seu sonho, com autonomia própria, guiado por uma inteligência artificial. Quando passou pela região onde a cidade contava com opções de lazer e divertimento, como casas de shows, teatros e uma enorme roda-gigante, o ambiente lhe pareceu familiar. O carro encostou num recuo em frente à grande roda, a porta se abriu e ela ouviu a voz suave e feminina que saía de dentro do painel: *Você chegou ao seu destino.*

Como se o mundo inteiro tivesse virado do avesso, Lorena estava na pele de outra mulher, muito à vontade, atraída pelo ambiente de diversão, especialmente pela roda-gigante iluminada, que formava desenhos coloridos em luzes neon. Seu vestido era moldado ao corpo, com pequenas estrelas que refletiam qualquer raio luminoso em seu caminho.

Lorena correu na direção do equipamento, onde as cabines estavam vazias e alguém já a esperava. Ao chegar mais perto, o homem de barba, o mesmo que aparecera várias vezes, vestido com uma calça preta alinhada, uma jaqueta prateada reluzente e um par de sapatos pretos impecáveis de verniz, lhe estendia a mão para que os dois pudessem entrar numa cabine posicionada para recebê-los. O casal se sentou, a porta da cabine fechou sem nenhum ruído, o operador apertou um botão e a roda começou a girar.

— Bem-vinda de volta! — celebrou Otávio, enquanto Lorena fazia o reconhecimento daquele rosto masculino negro e tão amoroso, com uma alegria crescente. — Veja isto. — Ele tirou do bolso o seu aparelho de comunicação dobrável e lhe mostrou um anúncio em vídeo que era um convite ao público para uma futura apresentação musical no maior espaço de espetáculos da cidade.

Ao ver a si mesma diante de um microfone, cantando acompanhada por Otávio ao piano, pediu para olhar bem de perto a gravação.

— Nossa, que incrível. Tantas luzes, e um público vibrante — disse admirada.

E diante de um close da câmera no seu rosto, destacando a face que havia escolhido com tanto cuidado, emocionou-se e teve a sensação de que ela sempre lhe pertencera.

— Então, essa sou eu!

— Claro que é você, querida — respondeu o homem num tom animador.

— Mas por que estamos aqui, Otávio?

— Desde que voltei, programei o carro para rodar pelas ruas, na esperança de trazê-la até este local. Tinha certeza de que a encontraria. Achei que ia querer dar uma volta na roda-gigante, como sempre fizemos nas madrugadas depois de cada show. Além disso, foi daqui que partimos.

— Por onde eu andei? Não me lembro de nada, mas parece que estive fora por anos...

— Lorena, tudo o que se passou foi em questão de minutos. Na saída de uma de nossas apresentações, nós viemos nos divertir na roda e, enquanto ela girava, entramos numa fenda. Estivemos, ao mesmo tempo, em outra existência, onde você não me conhecia.

— Como você retornou antes de mim?

— Não sei, e pode ser que eu nunca saiba. Antes de te encontrar naquele lugar, passei um tempo perdido. Enfrentei frio, fome, abandono, mas eu sabia que você estava lá também. Agora, o que me lembro são apenas fragmentos do que vivi.

— Estou me lembrando de ter tido uma ausência, um desmaio. E você me esperou...

— Eu nunca te abandonaria, meu amor. Tenho vindo toda noite neste ponto de retorno porque tinha certeza de que este momento chegaria. Foi difícil entender que você me via, mas não me reconhecia. Mesmo assim, eu sabia que retornaríamos.

Lorena permaneceu por mais um tempo em silêncio, mas, de repente, teve um lampejo sobre algo concreto que lhe dava certeza de que estava reincorporada à sua própria vida.

— Otávio, preciso saber se as doações do mês foram feitas. Você está usando o dinheiro da conta como eu te pedi, com remessas para os hospitais, asilos e orfanatos? É tanta gente que depende da nossa ajuda. Graças a Deus, voltamos para continuar fazendo isso.

— Sim, meu amor, está tudo correndo normalmente. Não se preocupe com nada — respondeu ele, enlaçando a amada num abraço. — Vamos ficar mais um pouco vendo as luzes da noite aqui do alto, antes de irmos para o apartamento?

Ela deu um leve sorriso, olhou mais uma vez detalhadamente o rosto do seu parceiro e apoiou com ternura a cabeça em seu ombro, enquanto a roda chegava ao ponto mais alto.

No plano paralelo, num tempo que não se sabe se era adiante, anterior ou simultâneo, a foto da Lorena produtora de marketing digital surgia nos noticiários, nas telas de TV e em monitores espalhados por toda a cidade, ao lado de outras faces de desaparecidos, cujas famílias não perdiam a esperança de reencontrar um dia.

Ruptura

Numa estrada movimentada de Caiana, cidade de um país tropical da América do Sul, um carro modelo 4x4, dos mais antigos do século XXI, seguia com tanta pressa que, por vezes, invadia canteiros e trafegava pelos acostamentos. Em seu interior, Arthur Santos, o motorista, pai de dois filhos, que ocupavam o banco de trás, acompanhado da esposa, Joice, no banco do carona, tentava evitar os engarrafamentos enquanto fazia de tudo para não transparecer aos demais o seu temor em relação ao que poderia acontecer se não conseguisse chegar logo ao seu destino: a região norte da cidade.

Em meio a florestas de árvores centenárias e rios caudalosos, os habitantes, a maioria de origem negra, viviam naquela região há muitas gerações, ocupando uma área de uns 800 km^2, cujos limites eram demarcados por uma película resistente, translúcida e sem foco, através da qual ninguém poderia passar. Essas paredes que rodeavam a cidade subiam a uma altura imensa, e no topo, a princípio inalcançável, havia uma abertura por onde desciam a chuva e os raios de sol. No dia da fuga desesperada da família, o sol ainda não estava no centro da redoma, mas o calor já tornava a viagem incômoda a cada minuto que passava.

— Pai, até agora você não falou por que tivemos que nos arrumar correndo e pegar essa estrada com tanta pressa. Não acha que poderíamos parar para o almoço? — questionou Bento, o filho de 14 anos.

— Ainda não. Vamos avançar um pouco mais e paramos daqui a pouco — respondeu o pai, ao mesmo tempo em que apertava os botões no painel em busca de noticiários.

De repente, a voz grave de Solano Andrade, um locutor famoso do lugar, invadiu o ambiente:

— *As autoridades aconselham àqueles que queiram sair da região sul, que façam isso ordenadamente e com os devidos cuidados, checando as condições de funcionamento de seus veículos e o carregamento de baterias de todo o tipo de equipamento. Voltaremos assim que tivermos novas notícias sobre o que pode ter causado a rachadura da redoma na área limítrofe sul.*

— Pera aí, pai, mãe ... a redoma rachou? Foi isso mesmo que ele falou? — perguntou Theo, o caçula, de nove anos, sem esconder o nervosismo e o desejo de ser tranquilizado pelos adultos.

— Não sabemos ainda, filho. Só contaram que o choro estridente de um menino negro, que acabara de nascer numa cabana à beira de um lago junto à redoma sul, teria feito a película trincar. Testemunhas disseram que o estalo foi ouvido por todos que estavam no mesmo acampamento e que a rachadura era bem visível e profunda.

Antes que os meninos se adiantassem com novas perguntas, Arthur foi logo explicando:

— Eu e sua mãe conversamos e decidimos que será melhor passarmos um tempo na região norte, até termos certeza de que não haverá nenhum perigo em voltarmos para a nossa casa — completou, esforçando-se para aparentar certo controle emocional, embora não estivesse conseguindo esconder completamente a tensão.

— Mas, pai, o vô e a vó não estão conosco. Eles vão continuar lá? E se a rachadura aumentar, como é que vai ser? — era Bento quem expunha sua preocupação.

— Calma, vamos parar naquele restaurante adiante para o almoço e conversaremos melhor — disse o pai, enquanto mudava de faixa na estrada.

Arthur foi reduzindo a velocidade e parou na frente do estabelecimento. Acomodados a uma mesa um pouco apertada, pediram pratos simples, para que a refeição não demorasse muito. Eles queriam chegar ao norte antes do anoitecer, pois, caso houvesse algum imprevisto à noite, com pouca luz ficaria tudo mais difícil.

Enquanto comiam, Arthur olhava vez ou outra em seu computador de pulso, procurando saber se a rachadura havia aumentado ou se era uma avaria com possibilidade de reparo. Numa dessas checagens, uma mensagem em tempo real entrou com letras vermelhas, sinalizando perigo eminente.

— *O ponto de rachadura da película localizado na região sul agora se estende progressivamente e sobe um pouco mais em pequenos intervalos na direção norte, num movimento circular anti-horário.*

— Seus avós sempre disseram que, desde crianças, ouviam dos avós deles, e também dos pais, que a redoma havia sido colocada em torno da cidade de fora para dentro. Isso teria acontecido quando a população passou a ser negra em quase sua totalidade. Na época, mais de três séculos atrás, as autoridades anunciaram que a película era para proteger a cidade de males e ataques previstos por sábios colonizadores, e para que não nos faltasse oxigênio — Joice contou aos filhos a história que tinha virado lenda, e logo se arrependeu, porque acabara de colocar em suas mentes a ideia de risco de morte caso a redoma se rompesse. Na realidade, com os nervos cada vez mais à flor da pele, ela estava ficando muito confusa com a situação.

— E nunca ninguém quis se arriscar para ver o que acontece do lado de fora? — perguntou o filho menor, esperando inutilmente que alguém lhe desse uma resposta lógica.

Mas os pais estavam tão preocupados com uma possível tragédia que não hesitaram em deixar a pergunta no ar por um tempo.

— Os meninos se acalmaram um pouco, mas não poderemos mais parar. Falta pouco para alcançarmos o norte, Joice. A rachadura está se expandido, e já nem sei qual seria a melhor atitude a tomar — sussurrou Arthur à esposa, enquanto todos ocupavam seus lugares no 4x4.

Na estrada, o congestionamento foi aumentando e a tarde chegava ao meio, quando o tráfego paralisou de vez. O que se via era uma longa fila de carros com bagageiros lotados sobre os tetos, e no interior dos veículos, adultos e crianças disputando espaço nos assentos com latas, roupas e brinquedos. Assim estava o carro da família Santos.

Na fila ao lado deles, um motorista solitário olhava alarmado para o seu computador de pulso, e sem poder seguir com o carro, abriu a porta e saiu. Era de meia-idade, tinha a camisa colada no corpo suado e parecia doido para falar com alguém. Aproximou-se da janela de Arthur e, depois de ter visto as crianças no banco traseiro, falou em voz baixa ao seu ouvido:

— Escute, eu sou da área de segurança e recebi uma mensagem agora do serviço secreto de que a fenda abriu muito no sul. Duas pessoas passaram para o outro lado, mas não voltaram. Não se sabe o que aconteceu com elas.

Arthur olhou espantado para o homem, porém controlando-se para não sair do equilíbrio, pois não tinha certeza se ele falava a verdade. O sujeito então voltou para o seu carro enquanto Arthur olhava para todos os lados, avaliando se teria alguma opção para fugir do engarrafamento e adiantar-se na estrada, mas era inútil. Tudo parado à frente, e nenhuma saída pelas laterais. Quando a apreensão ia se transformando em desespero, lembrou-se dos pais e achou que era hora de fazer contato com eles. Tentou uma chamada de vídeo, mas não conseguiu. Acionou o sistema de hologramas e a imagem do pai, de pijamas, apareceu sobre o painel.

— Espero que estejam bem, filho. Eu e sua mãe resolvemos permanecer em casa. Não estamos dispostos a negociar a tranquilidade que conquistamos aqui. Vencemos o medo e vamos ficar. Continue atento aos caminhos e acredite no seu coração, Arthur. Amamos vocês — disse o senhor, arriscando um sorriso, mas com a testa tomada por rugas comprimidas pela preocupação.

Sem ter tido tempo de falar com o avô antes que a imagem desaparecesse, Bento, sufocado entre caixas no banco traseiro, abriu a janela ao seu lado para respirar. Mas, no minuto seguinte, fechou o vidro e apurou os ouvidos em atenção à voz dramática de Solano Andrade, que àquela hora saía do rádio do carro desprovida de formalidade e eloquência, como a de qualquer mortal diante de um fato grave.

— *Atenção, amigos: a película da redoma começou a se desfazer rapidamente a partir do sul. Não há mais retorno. Eu sinto muito. Aos que estão na estrada, esqueçam a pressa. Já não adiantará tentar encontrar refúgio. A redoma está se desintegrando.* — A expressão era de lamento e tristeza profunda. Entretanto, fiel ao seu ofício de comunicar, irmanou-se aos ouvintes e seguiu: — *Os que acreditam em algo superior, ponham-se em concentração. Os que não disseram o que gostariam de ter dito a alguém que está a seu lado, façam isso já. A partir de agora, estamos à deriva.*

Assim que a mensagem terminou, alguns saíram perplexos de seus carros para ver melhor uma luz forte, à leste no horizonte, que ia aumentado em tamanho e intensidade. Ninguém se moveu quando, daquela mesma luz, saiu um jato de eletricidade cortando o espaço na horizontal. Como uma foice num movimento contínuo e preciso, o raio dividiu a película em dois meridianos, que começaram a se dissolver. No interior do 4x4, pais e filhos se olharam e procuraram as mãos, unindo-as, aconchegados num pacto de silêncio e amor.

Eles fecharam os olhos, e após um leve tremor na atmosfera, foram criando coragem, voltando a se olhar e a mirar a paisagem. O que viram com nitidez foi espantoso e ao mesmo tempo encantador: para todas as direções, os horizontes tornaram-se infinitos. Até onde a vista podia alcançar, montanhas cobertas por uma espetacular vegetação se erguiam o mais distante do que nunca imaginaram que pudessem existir. O som de ondas explodindo indicava a existência de um oceano próximo. Novos odores vinham aos poucos purificando e perfumando o ar que estivera por tanto tempo encarcerado na redoma. No alto, no centro do céu estrelado, reinava uma lua cheia, jamais vista com tanto brilho por aqueles seres humanos. A brisa, que parecia vir de outros continentes, chegava em delicadas lufadas, trazendo do além-mar mensagens de tangível humanidade.

Com os corações e braços abertos, sentindo a força e a plenitude da liberdade, todas as pessoas foram saindo dos carros, abraçando-se e anunciando umas às outras, entre risos e gritos de alegria, ou entre soluços e lágrimas de felicidade:

— Não tenham medo de respirar. O ar é leve...

— Não há nada de errado do lado de fora.

— Estávamos presos?!

— Vejam que imensidão. Isso sempre foi nosso.

— Sempre foi tudo nosso!

*Inspirado no romance Sob a redoma, de Stephen King

Esta obra foi composta em Arno Pro Light 13 para a Editora Malê e impressa na Gráfica JMV no Rio de Janeiro em julho de 2025.